レイモンさん
函館ソーセージマイスター

植松三十里

本書は、集英社文庫のために書き下ろされた作品です。

目次

吹雪をついて　7
短い夏　19
めぐり逢い　88
異邦人　109
ドイツ軍艦　127
北の大地　157
背信の結末　182
無国籍　219
花嫁の父　252
薄れゆく記憶　266
あとがき　304
解説　合田一道　306

レイモンさん

函館ソーセージマイスター

吹雪をついて

勝田旅館の洋食堂で、勝田コウは柱時計を見上げた。

さっき午後二時を打ったところだが、もう針は二時二十分を指している。あと一時間後には、札幌方面からの列車が函館桟橋に着く。

縦長の上げ下げ窓に目をやると、わずかに歪《ゆが》んだガラスの下半分ほどが、結露で凍りついている。上半分を透かして見える外の景色は、吹雪で白一色だ。この雪では列車が遅れそうだった。

その日のランチ最後の客が、猫脚の椅子から立ち上がった。長期滞在のイタリア人だ。

華やかな振り袖のコウは、胸当てのついた白エプロンの裾をひるがえし、銀の盆を手にして、テーブルに早足で近づいた。

するとイタリア人は片目をつぶり、小銭をポケットから取り出した。

「コウサン、イッツモ、キレイネ」

そして小銭を、白いテーブルクロスの上に置いた。

「サンキュー」

コウが笑顔でチップを受け取ると、客は片手を上げて出かけていく。いつもと変わらないやり取りだ。

だがコウの心中は、まるで普段とは違う。これから自分が起こそうとしていることを考えると、鼓動が早鐘のように打つ。

使い終えた皿を手早く銀の盆に載せて、厨房《ちゅうぼう》に戻した。さっきまで洋食堂に満ちていたランチの慌ただしさは失《う》せ、厨房からは皿洗いの音だけが響く。

室内はスチーム暖房で暖かく、そこに緊張が加わって、コウは額に、うっすらと汗をかいていた。

白エプロンを外して、額に軽く押し当てながら、床ワックスの利いたホールに出て、玄関脇の帳場へと向かう。

勝田旅館は函館一と評判の宿屋だ。明治維新前からの開港場だけに、大正十一年を迎えた今も外国人の客が多い。彼らは「カッタ・ホテル」と呼ぶ。

そんな旅館の主人、勝田鉱三《こうぞう》の長女がコウだ。古典的な美人顔のうえに、英語も堪能《たんのう》で、外国人客に人気がある。

もともと公立の函館高等女学校を出た後に、英語を学びたくて、遺愛《いあい》女学校というミッションスクールに一年だけ入り直し、英語を身につけたのだ。

冬場は外国船の入港が減り、勝田旅館の宿泊客も、食事の客も少なくなる。それに一日のうちで午後のこの時間は、客の出入りが少なく、もっとも静かなひと時だ。ホールを行き交う人影もない。

帳場の窓口を覗《のぞ》き込むと、中では祖母のチサが、いつものように算盤《そろばん》を弾《はじ》きながら帳簿をつけていた。

「おばあちゃん」

コウが窓口越しに呼びかけると、チサは丸い老眼鏡越しの上目使いで聞き返した。

「何だい？」

白髪《しらが》まじりになった今も、チサは毎日のように髪結いに行って、髷《まげ》を整える。背筋も伸びており、姿のいい祖母だ。

コウは両腕をさすり合わせながら言った。

「なんだか寒気がするの。風邪を引いたのかもしれない」

チサは老眼鏡を外して、まじまじと孫娘の顔を見た。

「そういえば、なんだか顔色が悪いね」

「そお？」

緊張で青ざめているのかもしれなかった。それを幸いにと、用意していた台詞《せりふ》を口にした。

「ちょっと奥で横になってくる。夕食には戻るから」

洋食堂はランチよりも、夕食の方が圧倒的に客が多く、忙しい。

チサは片手を払うような仕草をした。

「いいよ、無理しないで。こじらせたら大変だ。給仕は誰か代わりを出すから」

予想通りの反応だった。

「ちょっと、お待ち」

チサは上半身をねじって、背後の棚に手を伸ばし、置き薬の箱を取り上げた。そして蓋を開け、中から風邪薬を探して、紙袋ごと差し出す。

「無理するんじゃないよ。今、悪い風邪が流行《はや》ってるし。売薬じゃなくて、お医者を呼ぶかい？」

嘘《うそ》をついていることが心苦しかったが、コウは首を横に振って薬を受け取った。

「ありがとう。これ飲んでみて、明日になっても熱が高かったら、そうしてもらう。とにかく、ちょっと休ませて」

「ああ、そうしな、そうしな」

コウは帳場に背を向けて歩き出し、心の中で詫《わ》びた。

「おばあちゃん、ごめんね」

コウは物心つく頃から、祖母に育てられた。勝田家は子沢山で、母のチエは家事と弟妹の世話に明け暮れて、長女のコウにまで手がまわらなかったのだ。

背後から、なおも祖母が声を掛ける。

「この帳簿つけが終わったら、様子を見に行くから」

慌てて振り返って答えた。

「大丈夫。とにかく、しばらく寝かせて」

「わかった。邪魔はしないよ」

コウは病人を装って、少し足元をふらつかせながら、ホールから奥に向かった。

勝田旅館は港に面しており、正面玄関部分は三階建ての瀟洒《しょうしゃ》な洋館だ。裏手には広大な敷地に、日本庭園と日本家屋の客室棟が連なる。洋室は外国人客向けで、和室は日本人客向けと、使い分けている。

コウは白エプロンを手に、洋館から渡り廊下を経て、一番奥まった住まいに向かった。途中、何度も奉公人とすれ違った。その時だけは足を緩めたものの、コウは気がせいて、行き過ぎたとたんに小走りになってしまう。

妹たちと共用の和室に飛び込んで、薬とエプロンを放り出すなり、大急ぎで布団を敷いた。妹たちは昼間は女学校に出かけている。

それから帯を解き、着ていた振り袖を、長襦袢《ながじゅばん》ごと脱ぎ捨てた。住まいもスチーム暖房が効いているが、さすがに肌襦袢一枚になると、寒さでふるえる。

コウの振り袖は秩父銘仙《ちちぶめいせん》だ。斬新な色使いの大きな花柄で、最近、東京で流行り始めていると聞く。竹久夢二の美人画を見て、「こんな感じのを」と呉服屋に頼み、特別に反物を取り寄せてもらったのだ。

まだ函館では誰も着ておらず、たまに食事に来る若い女性客には、うらやましがられる。でも今日は、こんな目立つ着物で外に出るわけにはいかない。

大急ぎで紬《つむぎ》の小袖に着替えた。紺地に茶の縦縞《たてじま》で、いたって地味な柄だ。

そして脱いだ振り袖と帯とエプロンを手荒く丸めて、敷布団の上に縦長に並べ、その上に、ふわりと掛け布団を広げた。

いつもなら脱いだ着物は、ひと晩、衣紋《えもん》掛《か》けに広げておき、それからきちんとたたむ。でも今は時間が惜しいし、コウが寝ているかのように細工しなければならない。

廊下側の襖《ふすま》とは反対側に枕を置き、黒っぽい襟巻きを、枕と上掛けの間に押し込んだ。襖を開けた時に、いかにも上掛けをかぶって頭だけ出ているように見せかけた。

部屋の隅にある箪笥《たんす》を開けようとしたが、闇雲に金具を引っ張ったせいか、途中で引き出しが突っかかってしまった。どうしても開かない。

焦って鼓動が耳の奥で増幅する。今にも襖の向こうから誰かが現れそうで、気が気ではない。

「落ち着きなさい、落ち着くのよ」

自分自身に言い聞かせ、力を込めて、いったん引き出しを戻し、金具をつかみ直した。今度は、うまく引っぱり出せた。

手を伸ばして、奥に隠した風呂敷包みを取り出した。中は肌着と足袋と、きちんとたたんだ白いレース布が一枚。

衣類の隙間に、函館から神戸までの切符と、神戸から天津《てんしん》までの外国航路のチケットが挟んである。さらに小さな鍵がひとつ。

切符類は、恋人であるカール・ヴァイデル・レイモンが知り合いに託して、密《ひそ》かに届けてくれたものだ。

落とさないように、二枚まとめて小袖の胸元に、しっかりと収めた。これを使って天津まで行けば、レイモンに会える。

鍵はたもとに入れ、ほかのものは風呂敷に包み直した。

そして引き出しから、海老茶《えびちゃ》の角巻《かくまき》を取り出し、風呂敷包みと一緒に胸元で抱えた。

音を立てずに自室の襖を開けて、廊下の左右を見渡す。人影はない。そっと廊下に出て、足音を忍ばせて裏玄関に向かった。

レイモンが函館から去ったばかりの頃は、コウが後を追うのではないかと、家族が警戒して、ほとんど幽閉状態だった。

しかし、あれから数ヶ月が経《た》ち、ようやく見張りも緩んでいる。でも今、ここで家族や奉公人に見つかったら、言い逃れはできない。今度こそ、いっさい出かけられなくなるし、どこに嫁がされるか知れない。

「どうか、どうか、誰にも会いませんように」

そう祈りつつ裏玄関に至ると、強風で玄関の引き戸が音を立てていた。

急いで下駄《げた》の鼻緒に爪先を差し入れた。海豹《あざらし》の毛皮で、前半分を覆った雪下駄だ。そして角巻を広げ、頭の上からすっぽりとかぶり、胸元でかき合わせた。

コウは髷を結わず、短い断髪にしている。やはり竹久夢二の画集に描かれていた髪型だ。髪結い師に絵を見せ、あれこれと注文をつけて切ってもらったのだ。

だが、こんな時には目立ちすぎる。きっちりと角巻で頭を覆わなければならなかった。

それから、できるだけ音を立てないように、重い引き戸を開けた。

いきなり強い風と雪が吹きつけ、目も開けられない。だが、こらえて外に踏み出し、懸命に玄関を閉めた。

裏門までは石畳が続く。いつも若い奉公人が雪かきをしているが、すでに一寸ほど雪が降り積もっている。雪下駄が滑らないように気をつけながら、門まで駆け寄った。

裏口は勝田家の専用ながら、堂々たる屋敷門だ。間違って外から客が入ってこないように、いつも閉ざされている。

大きな門扉は内側から閂《かんぬき》が渡され、さらに鉄鎖が渡されて南京錠《なんきんじょう》がかかっている。脇の潜戸《くぐりど》にも南京錠が下がる。

たもとから鍵を取り出し、南京錠をつかんだ。だが南京錠は氷のように冷え切っており、たちまち指先が凍えていく。なかなか鍵穴に鍵先が入らない。

次の瞬間、コウは息を呑《の》んだ。手から鍵が滑り落ちたのだ。すでに周囲は自分の下駄の跡だらけで、小さな鍵が落ちた場所などわからない。

雪と風が激しく吹きつける中、急いでしゃがんで、足元の雪を手で探った。だが見つからない。

家族の中で、すぐ下の妹だけは、コウの味方だ。いつか出奔することも、彼女にだけは打ち明けてある。

そのために密かに鍵を持ち出させ、鍵屋に持ち込んで、あらかじめ合鍵を作ってもらったのだ。その大事な一本を、雪の中に落としてしまうとは。自分の迂闊《うかつ》さを悔いる。

とにかく鍵がなければ、どうにもならない。夢中で雪の中を探っていると、手がかじかんで、指がうまく動かなくなる。顔に雪が吹きつけて、まつげも凍りそうだ。

「どうしよう、どうしよう」

動揺しながら、なおも雪の中を探り続けると、ふいに指先に硬いものが当たった。

「あった」

思わず声が出た。

だが同時に背筋が凍った。裏玄関の引き戸が開く音がしたのだ。

おそるおそる振り返ると、吹き荒れる雪を通して、うっすらと人影が見えた。いつも雪かきをしている若い奉公人だ。

玄関から出てくるところだったが、ちょうどコウがしゃがんでいたこともあって、相手は気づいていない。

奉公人は引き戸を閉め、寒さに首をすくめながら、倉の方に向かった。どうやら雪かきの道具を取りに行ったらしい。

戻ってきて雪かきを始めれば、コウの下駄の足跡に気づくはずだ。その前に門から出なければならない。

コウは雪の中の鍵を、しっかりとつかんで立ち上がり、満身の思いを込めて鍵穴を目指した。今度は、すっと鍵先が入る。そのまま回転させると、南京錠が開いた。

大急ぎで南京錠と鎖を外し、鍵もろとも植え込みに投げ捨て、潜戸を開けて外に出た。すぐさま後ろ手で潜戸を閉める。

激しい吹雪の中、潜戸に背中を預けた。無事に外に出られたというのに、脚がふるえ、荒い息で肩が上下する。

その時、右手から轟音《ごうおん》が響いてきた。函館駅方面行きの路面電車が近づいてきたのだ。眼《め》の前には、末広町の電停こと、路面電車の停留所がある。

コウは急いで道を渡った。電車の動きに合わせて、張り巡らされた電線が弾み、載っていた雪が、ばらばらと落ちてくる。

分厚くペンキを塗り重ねた車体が停《と》まり、待っていた人の列が、開いた扉の中に吸い込まれていく。

だがコウは総毛立った。列の中に、勝田旅館の番頭の姿があったのだ。見つかったら、すぐさま連れ戻される。

コウは角巻の襟元を強くつかんで踵《きびす》を返し、急いで電停から離れた。背後で電車が、また轟音を立てて動き出す。

目指す桟橋前までは電停が三つだ。歩くと少し遠い。次の電車を待とうかとも思う。でも次の電車の中でも、また顔見知りに会ったら。

青森行きの青函《せいかん》連絡船は、日に三便ずつ運行している。朝七時半と、夕方の四時二十分、それに夜の十時半だ。

朝の洋食堂は客の朝食で忙しく、コウが出てこなければ、すぐに家出が発覚する。夜も、もし長《なが》っ尻《ちり》の客がいれば、出そびれる。だから夕方四時二十分の便を選んだのだ。

さっき柱時計は二時二十分だった。出航時刻まで時間は充分にある。それに、この雪なら札幌方面からの列車の到着が、遅れる可能性もある。むしろ下手に早く着きすぎると、桟橋の待合所で、また誰かと出くわしかねない。

コウは電停に背を向けて、吹雪の中を歩き始めた。

たちまち体温が奪われていく。寒さに震えながら、誰かが後ろから追いかけてきそうな気がして、何度も振り返った。

「大丈夫。誰も来はしない」

コウは自分に言い聞かせ、角巻の襟元を、しっかりと握りしめた。そして一歩一歩、雪を踏みしめて進んだ。

連絡船で無事に青森まで渡れたら、そのまま列車に乗って、明日の今頃には上野駅に着く。そこから、さらに列車を乗り継いで神戸へ。そして神戸港から天津行きの日本郵船に乗り込む予定だ。

レイモンが落ち合おうと指定してきた場所は、天津アスターホテルのロビー。そこで数ヶ月ぶりに恋人と会うのだ。どうしても会いたい。会わずにはいられない。

愛《いと》しい人との再会を夢見て、コウは吹雪の中を歩き続けた。

「手の大きい人」

それが一年近く前に、初めてレイモンに会った時の印象だった。

短い夏

大正十年三月の穏やかな夕暮れ時だった。彼は勝田旅館の洋食堂で窓際の席につき、大きな両手をテーブルの上で組んで、コウが注文を取りに来るのを待っていた。

「コンバンワ」

目元が優しく、甘い顔立ちだった。日本語で挨拶されたので、コウも日本語で返した。

「こんばんは」

すぐに英語に切り替えた。

――カツタ・ホテルに、ようこそ。メニューはこちらです――

すると彼は、聞き取りやすい英語で、ゆっくりと話した。

――ビーフステーキをレアで。じゃがいもと人参《にんじん》、それに莢隠元《さやいんげん》のバターいためを添えてください――

コウは手元のメモに書き取って復唱し、間違いないと確認してから厨房に伝えた。

ビーフステーキは勝田旅館の看板メニューだ。函館郊外の農家に、特別に肉牛を育ててもらっており、ほかの旅館には真似《まね》ができない。

どうやら、その評判を聞いて来たらしい。ワインもビールも飲まず、煙草《タバコ》を吸う気配もない。

コウが、焼き上がった分厚いステーキを運ぶなり、いかにも美味《おい》しそうに平らげた。

食後のコーヒーを持っていくと、窓の外を眺めていた。縦長の上げ下げ窓からは、雪解け前の庭と、その先に夕凪《ゆうなぎ》の港が望める。

彼はコウを見上げ、空になった皿を指さして、また日本語で礼を言った。

「トテモ、オイシイ。アリガト」

「お気に召して、よかったです」

それからコーヒーを手にして、窓の外を示す。

「トテモ、キレイネ」

上手《うま》く表現できなくなったらしく、英語で言い直した。

——函館は、とても美しい街だね。人も気候もいい——

そして食事代を部屋づけにし、チップを置いて出ていった。立ち上がると、西洋人にしては小柄だった。

翌日は朝食だけでなく、ランチにも現れて、缶詰を差し出した。

――これを厨房で茹《ゆ》でてもらえないかな――

手に取ると、缶には見たこともない絵が貼られていた。

――これ、何ですか？――

――ソーセージだよ。僕が前に作ったんだ――

その日のランチの客は、ほぼはけており、コウは気軽に引き受けた。

厨房に持ち込んで缶を開けてみると、中には細長い棒状のものが、十五本も詰まっていた。

コック帽に白衣姿の料理長が顔をしかめた。

「なんだか長細くて、気味が悪いですね。これ、本当に食べ物ですか」

コウは、むっとして言い返した。

「細長いのが気味悪いなら、鰻《うなぎ》だって食べられないでしょう。雲丹《うに》とか牡蠣《かき》も、形だけ見たら不気味よ。レアのステーキだって、日本人のお客さまは気味悪がるし」

とにかく十五本すべて茹でてもらった。

ほかほかと湯気の上がるソーセージを、大皿に盛ると、いい香りが立った。コウは料理長に言った。

「美味しそうじゃない？」

そしてテーブルまで運んだ。

――できました。どうぞ――

すると彼は大きな手をすり合わせた。

――久しぶりだなァ。なかなか調理してくれるところがなくて、ずっと大鞄《おおかばん》の中に入れて持っていたんだ――

コウの目の前で、ソーセージにフォークを突き立てて、ナイフの刃を当てた。切れると同時に、透明な肉汁がほとばしり出る。

大きな口を開けて、ゆっくりと顎を動かし、いかにも美味しそうに食べ始めた。

ふいにコウの視線に気づいて聞く。

――君も一緒にどう?――

まじまじと見つめていたことが、急に恥ずかしくなって遠慮した。

――いいえ、ずっと持ってらしたような大事なものを、頂くわけには――

――いいよ。どうせ、ひとりじゃ食べきれないし。食器を持っておいでよ――

――いえ、お客さまと同席するのは、禁じられていますし――

すると数本を自分の皿に取り分けて、大皿をコウの方に押し出した。

――それなら厨房に持っていって、食べてごらん。厨房の人たちも一緒に――

コウは目を輝かせて聞き返した。

——いいんですか——

——もちろん——

——じゃあ、そうさせて頂きますね——

すぐに大皿を厨房に戻し、一本だけ銘々皿に取り分けた。

立ったまま、フォークを突き立てた。ちょっとした弾力がある。ナイフの刃を当てて力を込めると、ザクッとした手応えがあり、切り口が少し気味悪かった。

気がつくと、目の前に料理長や、白い前掛け姿の若い調理助手たちが集まっていた。

「お嬢さん、本当に食べるんですか」

「もちろんよ。食べるために、こっちに持ってきたんだもの」

コウは強がりつつも、おそるおそるフォークを口に運んだ。

すると、まず口の中に、ちょっとした香辛料の香りが広がった。奥歯で噛《か》みしめると、肉汁がにじみ出て、旨味《うまみ》が舌に伝わってくる。ひと噛み、ふた噛みするたびに甘みが増していく。ポークソテーよりも柔らかく、旨味が凝縮されていた。

料理人たちが固唾《かたず》をのんで見守る中、コウは呑み込んでからつぶやいた。

「これ、とっても美味しい」

急いで四、五本を細かく切り分けて、皿ごと料理人たちに差し出した。

「すごく美味しいから、食べてごらんなさいな」

しかし誰もが及び腰で、顔を見合わせる。

「みんな、西洋料理を作っているんだから、西洋のものを食べなくちゃ」

すると料理長が覚悟を決めた様子で、一片を指先で摘《つま》んだ。助手たちも、ようやく手を伸ばす。

いっせいに口に放り込んだ。最初は奇妙な顔で、あごを動かしていたが、たちまち目の色が変わった。

「これ、美味《うま》いぞ」

「うめえ、なまら、うめえな」

皿に残っていたものにも、片端から手を伸ばす。一本丸ごとつかんで、かぶりつく者も現れた。

コウは食後のコーヒーを銀の盆に載せて、テーブルに戻った。

――ソーセージ、とっても美味しかったです。お肉の味が濃いし、お塩やスパイスも、ちょうどよく効いてて。厨房の皆にも勧めたら、美味しいって大喜びです――

すると、また嬉《うれ》しそうな顔をした。

――そうか。それはよかった。なかなか日本人には食べてもらえないんでね。もしかしたら君も、嫌がるかなと思ったけれど――

――私は子供の頃から、お肉、大好きでしたし。それに、けっこう食いしん坊なんです——

——そうか。僕も食いしん坊だ。話が合うね——

コーヒーを飲み干して、右手でサインをする仕草をした。昼食代を部屋づけにするから、伝票を持ってきて欲しいという意味だ。

コウは眼の前で片手を振った。

——いいえ、今日はけっこうです。こちらで提供したものではないし——

——それは困るよ。料理してもらったし、コーヒーも飲んだし——

払う、要らないの押し問答をした挙げ句、とうとうレイモンが折れた。その代わり、過分なチップを置いた。

——厨房の人たちで分けて欲しい。本当は嫌だったかもしれないけれど、ちゃんと料理してくれたうえに、食べて美味しいと言ってくれたから——

これにはコウも素直にうなずいて、チップを受け取った。

洋食堂から出ていくのを見送って、コウは帳場に急いだ。そして外国人用の宿帳を開いた。部屋番号を頼りに探すと、名前と住所がわかった。

名前はカール・ヴァイデル・レイモン、住所は「カムチャッカ、ソビエト連邦」、国籍は「チェコスロバキア」とあった。

コウは宿帳を閉じて、ひとり言をつぶやいた。

「ソ連っていっても、白系ロシアの人じゃないわよね」

四年前にロシア革命が起きて、貴族や軍人、技術者など、主に旧来の特権階級が国を追われ、世界中に散った。何日もシベリア鉄道に乗り、尾羽《おは》打ち枯らした様子で、函館にも続々と上陸してきた。

革命派は共産主義の印として、赤い旗を掲げている。そのために西ヨーロッパやアメリカの人々は、共産主義者を「赤」と呼んで蔑む。

それに対して、旧来の特権階級の人々を「白系ロシア」と呼んでいた。彼らの肌の色が白いこともあって、特に日本では広く定着した。

勝田旅館に泊まる者もいるが、たいがいは安宿に身を寄せる。そして宿帳の住所欄には、函館元町のハリストス正教会を記す。

北海道はロシアと国境を接するために、幕末の開港の頃から、函館にはロシア人の来航が多かった。そのために早くからロシア正教の教会堂も建てられた。

いったん明治の末に大火で焼失したものの、ロシア革命の前年には再建された。以来、白漆喰《しろしっくい》の外壁に、銅板葺《ぶ》きの尖塔《せんとう》を持つ美しい教会堂が、大三坂《だいさんざか》と呼ばれる急坂の上にそびえる。

近年来航する白系ロシア人には、もはや故郷に住まいはなく、ロシアという国さえない。そのために教会を頼って来るのだ。

一方、カール・レイモンは、はっきりと住所欄に「ソビエト連邦」と書いている。白系ロシア人は、その国名さえ認めていない。ならば何者なのか。

洋食堂の壁には、額入りの大きな世界地図が掲げられている。コウは「カムチャッカ」と「チェコスロバキア」というのは、どこだろうと地名を探した。函館から近いロシア極東部に違いなかった。

すると「カムチャッカ」は、すぐに見つかった。北海道の東に連なる千島列島を、北に向かってたどっていくと、大きな半島に至る。そこがカムチャッカ半島だった。

「こんなところから来ているのね」

だが「チェコスロバキア」は、その辺りを、いくら探しても見つからなかった。


その夜、レイモンは、なかなか洋食堂に現れなかった。どこか、ほかで食事をしてしまったのかと、コウは気をもんだ。

だがラストオーダー近くになって、ようやく姿を現した。コウは跳ねるような足取りでテーブルに近づき、いつものようにメモを片手に聞いた。

――今夜もビーフステーキになさいますか――

――いや、もう遅いし、手間をかけるのは悪いから、簡単なものでいいよ――

――いいえ、厨房の者は、あなたのためなら、いつだって張り切って料理します――

――そうか。それじゃステーキ、焼いてもらおうかな――

――かしこまりました。レイモンさん――

レイモンは意外そうな顔をした。

――名前、覚えてくれたんだね――

コウは笑顔を返すと、また跳ねるような足取りでテーブルから離れ、厨房に注文を伝えた。

ほかの客たちは食事を終えて、次々と洋食堂から出ていく。

レイモンひとりが残ったところで、ちょうどステーキが焼けた。テーブルに持っていくと、またレイモンは、いかにも美味しそうに平らげた。

コウは皿を下げに行きがてら、不思議に思っていたことをたずねてみた。

――ロシアの方ですか――

――いいや、ボヘミア出身だ――

――ボヘミア?――

――ドイツの南の方だよ――

――そこがチェコスロバキア?――

――そうだ。僕の国籍まで、よく知ってるね――

――ソーセージが、あんまり美味しかったから、宿帳を調べたんです――

レイモンは笑った。

――そういうことか――

――でもカムチャッカから、いらしたんでしょう?――

――いや、これから行くんだよ。カムチャッカの缶詰工場に技術指導をしに――

――今日、頂いたようなソーセージの缶詰を作るんですか――

――いや、あっちでは海産物が豊富なので、カニ缶や鮭《さけ》缶を作るんだ――

それからコウは好奇心が抑えられなくなって、レイモンの来歴を、根掘り葉掘りたずねた。レイモンも楽しそうに話し始めた。

それによるとレイモンの故郷は、ボヘミア地方のカールスバートという街で、国際的な温泉リゾートだという。

――今はチェコスロバキアに属するけれど、僕が若い頃まではオーストリア・ハンガリー帝国の領土だったんだ――

ドイツ国境にも近いために、ドイツ系住民が多いという。レイモンの家もドイツ系だという。

――だから何人かと聞かれれば、ドイツ人だ。家は曽祖父の代から、ハムやソーセージを作ってきたんだ――

一流の職人として認定するマイスターという国家資格を、代々、得てきたという。

レイモンは幼い頃から、父の仕事ぶりを見て育ち、十四歳で同じ道を志した。あちこちの店で修業を積み、十八歳の時にはドイツの首都であるベルリンに出て、大手の食肉加工会社に入った。その後はフランスやスペインの食肉事情も見てまわったという。

どこでも真面目に働き、美味しいものを目指して努力した。そして一時帰国して、マイスターとしての認定を受けた。

その頃、レイモンは初めて鯖《さば》の缶詰を食べた。遠い北欧のノルウェーで作られた缶詰だったが、海から遠く離れたカールスバートに、美味しいままで届くのが驚きだった。ハムやソーセージは保存食ではあるが、塩分を控えると長く保《も》たない。でも塩分が少ない方が、本来の肉の旨味が生きる。そこで缶詰にしてはどうかと思い立った。

ふたたび故郷を離れてノルウェーに渡った。そして缶詰製造の食品会社のみならず、缶そのものの製造工場にも勤めた。

缶は鉄を薄く伸ばし、錆《さ》びないように加工して、缶の本体と蓋とを別々に作る。それを海産物の加工会社が買い入れ、魚の水煮などを入れて密閉し、ヨーロッパ中に輸出していた。

缶そのものの製造には、特殊な技術が必要だが、中身を入れて缶詰にする段階では、さほど大掛かりな仕掛けは要らない。

食品を詰めた缶本体に蓋を載せて、巻締機《まきじめき》という専用の器具に据え、レバーを押して圧力をかければ密閉される。その器具と新品の缶と蓋を手に入れさえすれば、小さな食肉加工店でも缶詰が作れそうだった。

レイモンは確信した。缶詰は今後、さまざまな分野に利用されると。そのためにノルウェーでは、今までにも増して懸命に働いた。

しかし、ほどなくして第一次世界大戦が勃発した。レイモンは故郷ボヘミアのためと信じ、オーストリア陸軍に志願して、一兵卒として前線に出て戦った。

しかしオーストリアとドイツの連合軍は旗色が悪かった。レイモンは負傷し、野戦病院に送られたが、その時には、すでに戦争の理不尽を痛感していた。

このままでは傷が快復すれば、また戦場に送られる。そして死ぬまで戦いを強いられる。それが嫌で野戦病院から逃げ出した。レイモンは脱走兵になったのだ。

故郷に帰るわけにはいかず、命からがらノルウェーに戻ったが、思いがけない展開が待っていた。

前に世話になった社長は、勤勉なレイモンを高く評価しており、ほとぼりが冷めるまでヨーロッパを離れて、アメリカの食肉加工会社へ行けと勧めてくれたのだ。

シカゴにあるアーマー商会という大企業で、やはり缶詰製造に力を入れており、三年間の期限付き研修という形を取ってくれた。その後の身の振り方は、自由にしていいという。

ノルウェーでは海産物の缶詰だったが、アーマー商会はレイモンの専門分野である食肉加工の会社だった。いよいよ張り切って働いた。

ただしコンビーフや、ソーセージの中身を直接、缶に詰めたランチョンミートなどの大量生産の会社だった。そんな仕事だけでは飽き足らず、夜はシカゴ大学に通って、食肉加工の科学的な理論を学んだ。

そうして三年が過ぎ、ノルウェーに帰る際に、世界一周しようと考えた。来る時と同じように大西洋を渡るのでは、つまらなかったのだ。

そこで西海岸のサンフランシスコに出て、太平洋を西に向かい、横浜で上陸した。日本はアジアの小国なのに、いちども欧米の植民地になっていない。それは侍の国だからだと聞いて、興味を持ったのだった。

その後、たまたま東京で縁があって、缶詰工場のアドバイザーになってほしいと頼まれ、一年間の契約で引き受けた。

コウに渡したソーセージの缶詰は、その時に作ったのだという。

——東京の人たちは、ソーセージの缶詰を作りたがらなかった。それどころか気味悪がって食べもしなかったんだ——

片言の日本語は、その時に身につけたという。

——東京での契約が終わったと思ったら、今度はカムチャッカの話が来たんだ——

明治終盤に日本は日露戦争で勝利を収め、その結果、ベーリング海やオホーツク海といった北洋での漁業権を獲得した。以来、函館は北洋漁業の拠点となった。毎年、春先には漁船が船団を組んで、北の海に向かい、海上で何ヶ月も操業する。

――そこで取れた海産物は、カムチャッカで水揚げされて、缶詰になるんだ――

できた缶詰は、いったん函館に運ばれ、さらに日本中に売られていく。一部は遠く海外にも輸出されるという。特にカニ缶は高値で売れるため、外貨を獲得できる大事な商品だった。

――最近、日魯《にちろ》漁業という水産会社が設立されて、カムチャッカにある地元の缶詰工場を買収したんだ。ただ品質にばらつきがあって、輸出先から不評らしい――

そこで真面目なレイモンに、生産管理と品質検査が依頼されたという。

すっかり話を聞き終えた時には、コウは感心しきっていた。

――世界中で働いてきたなんて、すごい――

勝田旅館には世界各国から客が来る。コウは幼い頃から、そんな国々に憧れを抱いてきた。だからこそ世界を旅してきたレイモンが、いよいよ輝いて見えた。

レイモンは少し照れた様子だった。

――僕の故郷のカールスバートは、外国人が集まる国際的な温泉リゾートだから、僕は子供の頃から外国に憧れていたんだ――

食いしん坊という点が共通していることはわかっていたが、子供の頃からの経験や憧れまで同じなのが、妙に嬉しかった。

コウは、ふと気になって聞いた。

――レイモンさんって、いったい、いくつ？　奥さんや子供はいないんですか――

――二十六だ。ずっと外国を渡り歩いてきたから、まだ独身だよ――

さんざん話し込んで、ふと気がつくと、厨房の片づけが終わっていた。そこでコウは料理長や助手たちに声をかけた。

「レイモンさんの話、面白いから、ちょっと一緒に聞かない？」

すると全員が厨房から出てきた。

コウはレイモンも手招きして、壁に掲げた世界地図の前に立った。

――ボヘミアのカールスバートって、どこですか――

レイモンは椅子から立ち上がり、ヨーロッパの中ほどを太い指で示して、日本語で言った。

「カールスバート、ココ」

コウは料理人たちを振り返った。

「ここがレイモンさんの故郷ですって」

それからレイモンは、自分が訪ねた場所を順番に示した。

「ベルリン、パリ、マドリッド、ノルウェー、シカゴ、ヨコハマ、トウキョウ、ハコダテ、カムチャッカ」

太い指先が次々と動く。

「ミンナ、オイシイモノ、スキ」

そして英語で続けた。

――世界中、どこでも美味しいものは求められる。だから僕は、どこにでも行く――

コウが訳すと、料理人たちが感心した。

「レイモンさん、すごいな」

――函館は世界中の人たちが集まるから、料理の修業には悪くないだろうけれど、みんなも世界に出ていったらいい。特にパリは料理の修業には最高だよ――

また訳を伝えると、料理長がしみじみと言った。

「レイモンさんの話は、若い者の励みになりますよ」

助手たちは笑顔を見合わせる。

「なんだか俺たちも頑張れば、外国に行けそうな気がしてきたな」

「無理だァ、おまえじゃ」

「いや、わからねえべ」

「頑張れば道は開けるって」

口々に言いながら、最後は大笑いになった。

夜も更けて、レイモンは部屋に戻る前に、ひとりずつと握手をした。その時、相手の名前を聞いて、その名を呼びかけてから、ひと言ずつ話しかけた。

「ヤマザキサン、ガンバッテ」

「サイトウサン、オイシイモノ、ツクルネ」

誰もがレイモンの手の大きさに驚く。するとレイモンは両手で下から上へと、すくいあげるような仕草をした。

——子供の頃から、こうして肉を混ぜてたから、こんな手になったんだ。うちの祖父も父も、こういう手だった。でも別の仕事に就いた兄弟たちは普通の手なんだ。だから持って生まれたものじゃなくて、後天的なものだと思う——

厨房で最年少の少年が、翔太《しょうた》と名乗った。尋常小学校を出て、今年、勝田旅館に勤めに入ったばかりだ。

「ショウタサン、ネ」

途中から英語になった。

——僕も君くらいの歳《とし》から働いた。上級学校に入れてもらえなかったのは、悔しかったこともあったけれど、今は早くから働き始めたことに悔いはない。何もかもが君の頑張り次第だ――

コウが訳して聞かせると、翔太は口元に力を込めて深くうなずいた。

まだ野菜の皮むきさえさせてもらえず、来る日も来る日も皿洗いや、厨房の掃除ばかりしている。レイモンは、そんな状況を見抜いているかのようだった。

そして男たちと握手を終えると、もういちど全員の名前を確かめた。

「ヤマザキサン、サイトウサン、ヨコタサン、コバヤシサン、ショウタサン」

いちど聞いただけで覚えていた。

洋食堂に来る客で、コウの名前を覚えて、言い寄ってくる西洋人は少なくない。だがコウは、そんな男たちには魅力は感じない。

彼らは厨房の助手や、まして皿洗いの少年の名など、まず覚えたりしない。それどころか厨房の中になど、注意を払いもしないのが普通だ。

でもレイモンは誰ひとりとして軽んじない。コウにも料理長にも翔太にも、同じように接する。そんな態度が清々《すがすが》しかった。

最後にコウの番になって手を差し出すと、見た目よりも、なお大きかった。指も太く、手のひらは分厚くて、柔らかくて温かい。片手だけで、コウの両手を包み込んでしまいそうだった。

この手で長年にわたって、あの美味しいソーセージを作ってきたのだ。本当に誠実で、働き者なのだなと実感した。コウは、その大きな手に心惹《こころひ》かれた。

ほどなくして雪が解け、レイモンはカムチャッカに渡っていった。函館とは頻繁に行き来するから、また近いうちに戻ると言い置いて。


「サンキュー、ありがとうございました」

コウは礼を言いながら、イギリス領事館のドアを押し開け、赤い蛇の目の傘を開いた。霧雨にぬれた数段の石段を、下駄が滑らないように気づかいながら下る。

六月の函館は、初夏を思わせる気候が始まる一方で、雨降りも増える。青森より南では長雨が続き、札幌では梅雨がない。函館は、その中間だった。

仰ぎ見ると、いつもなら青空を背景に、赤紺白のユニオンジャックが、鮮やかにひるがえる。だが今は旗の布地が雨水を含んで、旗柱に力なく絡みつく。

足元には、イギリスから苗木を運んだバラが盛りだが、それも花びらが雨水を含んで、重そうに頭《こうべ》を垂れている。

振り返ると、領事館そのものは、いつもと変わらず風情あるたたずまいだ。

生成《きな》り色の漆喰の外壁に、ドアと窓の縁取りが緑色で際立つ。屋根は瓦葺きで、軒下もドアと同じ緑だ。落ち着いた色使いと、控えめな意匠が美しい。

門から出た目の前は基坂《もといざか》だ。港から函館山の麓に向かう坂道は何本も並行しているが、中でも基坂は防火帯の意味もあって、もっとも道幅が広い。

坂上に目をやると、函館山の濃い緑に、筆で刷《は》いたように薄雲がかかる。それを背景にして役所と公会堂が手前にそびえる。どちらも堂々たる洋館だ。

特に公会堂は、下見板張りの外壁全体が明るい水色で、窓枠や柱をはじめ、テラスの手すりに至るまで、すべての縁取りが黄色だ。鮮やかな色合わせが、街並みに華やぎを添える。

昨日までは青空が続き、街にはイギリス海軍の士官や水兵たちの姿があふれていた。士官は濃紺の上着に白い制帽姿。水兵たちは白いセーラーカラーの襟をひるがえし、わずかな上陸時間を惜しみつつ、いかにも楽しそうに闊歩《かっぽ》していた。

だが今朝方、軍艦は出航していき、そんな姿は一掃された。

函館にはイギリス人の居住者は少ないが、日英同盟のおかげで軍艦の入港が多い。投《とう》錨《びょう》するたびに領事館では、艦長や上級士官たちを招いて、歓迎のレセプションを開く。

勝田旅館では料理や給仕の手伝いを出す。コウも、いつもの振り袖と白エプロン姿で飲み物を運び、レセプションに華を添えた。

今日は、その代金を領事館まで取りに来たのだ。大金を胸元にしまい込み、そぼ降る雨の中、コウは基坂を下った。

函館病院の一画を行き過ぎると、坂の両側には函館ならではの町家が連なる。

一階の窓には格子戸がはまり、昔ながらの日本建築だが、二階の外観は洋風だ。縦長の上げ下げ窓が並んで、下見板張りの外壁には、色鮮やかなペンキが塗られている。家ごとに外壁の色は異なるが、たいがい窓枠は白だ。

コウにとっては、物心ついた頃から見慣れた街並みだが、遠くから来る人々は驚く。一階が和風、二階が洋風という建物は、ほかの街では見たことがないというのだ。

蛇の目傘の縁から、コウの目の前に透明な雨粒がしたたり落ちる。その先に目をやれば、基坂の坂下には税関があり、さらに先には港が広がる。

いつもなら海面は、青空を映して群青色に輝き、岸辺には白いカモメが飛び交う。だが今は鉛色に沈んでいる。

霧雨の彼方《かなた》に、外国航路の大型汽船が、沖泊まりしているのが見えた。その間を小さな艀《はしけぶね》船が、海面に白い引波を刻みつつ、数限りなく行き来する。

ふいに哀愁を帯びた歌が口をついて出る。

「待てど暮らせど、来ぬ人を、宵待草のやるせなさ。今宵《こよい》は月も出ぬそうな」

竹久夢二の詩に、バイオリニストが曲をつけ、日本中に広まった楽曲だ。

コウにとって「待てど暮らせど来ぬ人」はレイモンのことだ。

すぐにでも函館に戻ってくるようなことを言っていたのに、もう三ヶ月も経ってしまった。このままでは北の短い夏は、あっという間に過ぎてしまう。

基坂下の税関前まで下り切ると、そこには電車通りが東西に横たわる。

東に向かう路面電車は、ここから勝田旅館裏手の末広町を通り、弧を描く海岸線に沿って、十字街という交差点で大きくカーブする。そして連絡船の桟橋前や函館駅前、さらには北の五稜郭《ごりょうかく》公園や、温泉街の湯の川方面へと続いていく。

そちらとは逆方向である西端は、港を取り囲むように岬が海に突き出し、突端近くに巨大な造船所がある。

そのため西方向の電車通り沿いには、ロープや浮き玉といった造船関係の商店や、ちょっとした町工場が建ち並ぶ。イギリス領事館辺りの閑静な雰囲気とは異なり、雑然とした界隈《かいわい》だが、力強さや活気がみなぎる。

コウが高等小学校に通っていた頃に、世界大戦が勃発した。主な戦場はヨーロッパだったが、彼の地では、敵味方双方で軍艦を建造させまいと、集中的に造船所を攻撃し合った。その結果、片端から破壊されて、ヨーロッパでは船を造れなくなった。

その代わり、無傷だった日本の造船所に、発注が集中した。以来、造船業は未曽有の大好況に沸いている。そこに北洋漁業の景気が加わって、今や函館中が活気づいていた。

通り沿いには、毎朝、暗いうちからテントが張られ、明るくなる頃には朝市が賑《にぎ》わう。夕方には提灯《ちょうちん》が連なり、屋台の飲み屋に早変わりする。人々は、いつ寝るのかと、たがいにいぶかしがるほど働き、そして金を使いまくった。

世界大戦は一昨年、ようやく終戦に至り、好景気も一段落ついたものの、まだ余波は続いている。

雨にもかかわらず、勝田旅館へと向かうコウの眼の前を、雑多な人々が行き交う。こうもり傘をさす背広姿の男、造船所の番傘を担いだ半纏《はんてん》姿の職人、手ぬぐいで頰かむりをしただけで、尻端折《しりはしょ》りをして駆けていく男もいる。

大きな籠を背負った姉《あね》さんかぶりの中年女たちや、赤ん坊を背負った子守の少女。食うや食わずの白系ロシア人もいれば、長い三つ編を後ろに垂《た》らした弁髪《べんぱつ》の華僑《かきょう》も多い。傘をさしている方が珍しかった。

そんな人々の間を、荷馬車がガタガタと音を立てて通り抜け、さらにフォードやルノーなど箱型の輸入自動車も、これ見よがしに警笛を鳴らしながら突っ走る。

コウは水たまりと車の水はねをよけつつ、東に向かって歩き続けた。路面電車に乗るほどの距離ではない。

勝田旅館の近くは旅館街だ。造船所が近いほど安宿が軒を連ね、しだいに立派な建物が増えていく。勝田旅館は開港当時からある桟橋の前だ。

コウは前から来る人波の中で、ひとりの洋服姿の男に目が吸い寄せられた。勝田旅館の番傘で顔が隠れており、自分のところの客に違いない。

どうも日本人ではなさそうだった。そして傘の柄を握る手に目を留めて、息を吞んだ。

並外れて大きかったのだ。

次の瞬間には駆け出していた。足元の水たまりもものともせず、むしろ下駄で水しぶきをかきたてて走った。

――レイモンさん――

思わず大声で呼びかける。相手も気づいたようで、番傘の下に、満面の笑みが見えた。コウは息を弾ませながら駆け寄った。蛇の目傘を持っていなければ、抱きつかんばかりの勢いだった。

――いつ来たんですか――

恥ずかしいほど声が弾んでしまう。レイモンも笑顔で答えた。

――さっきだ。今、カツタ・ホテルにチェックインしたところ。君がイギリス領事館に行ったと聞いて、迎えに行こうと思ったんだ――

――本当？　うれしい――

――今度は長く滞在できそうだよ。カムチャッカの工場は軌道に乗せたし、この夏は函館に届く缶詰のチェックだ――

――じゃあ、秋までいられるの？――

――今のところ、その予定だ――

コウは思わず歓声を上げそうになった。

東京などと比べると、函館は昔から男女の仲がおおっぴらだ。明治維新前から武家と町人の区別も曖昧《あいまい》で、身分や男女差を、とやかく言い立てる風潮はない。

それでも派手な振り袖姿のコウと、西洋人のやり取りには、通行人が振り返って見る。その視線に気づいて、コウは急に恥ずかしくなり、レイモンを促した。

——とにかく中に。ここじゃ雨にぬれるし——

そう言いつつも、もはや雨も気にならないほど、心は舞い上がっていた。

レイモンは毎朝、洋食堂で食事をすますと、函館駅の方に歩いていく。

十字街から先の海岸沿いには、倉庫街が続く。明治初頭に新政府が、米の取れない北海道に米を運ばせて、備蓄するために建てた煉瓦《れんが》造りの倉庫群だ。

その一角に日魯漁業の社屋がある。そこでレイモンは、カムチャッカから届く缶詰の製品検査をしていた。

夜は遅くまで働いて、たいがい洋食堂の最後の客になる。コウはコーヒーを出して、テーブルのかたわらに立ったまま話をするのが、何よりの楽しみになった。

毎週土曜日は、レイモンの仕事は昼までで、たいがい洋食堂でランチを取った。

日曜日には元町のカトリック教会へ出かける。大三坂のハリストス正教会の隣地に建つ美しい教会堂だ。

ハリストス正教会の向かいには、プロテスタントの教会があり、その少し下には東本願寺の別院がある。さらに坂の下には別の教会も建っている。

函館山の山裾に広がる元町は、和洋の宗派入り乱れて宗教施設が集まり、それが違和感なく、むしろ独特の趣きを呈している。

週末の午後には、レイモンは教会の周辺を散歩しているらしいが、ふいにコウにたずねた。

——どこか街から外れた場所で、のんびりできるところはないかい——

すぐさまコウは帳場から、函館郊外まで含む地図を持ってきて、開いて見せた。地名がアルファベット表記で、外国人向けに、コウが印刷所に頼んで作った地図だ。

そして地図の右上の方を指さした。

——カールスバートは温泉街なんでしょう。だったら湯の川温泉がいいと思います。西洋人には、お湯が熱すぎるかもしれないけれど——

——へえ、いいね。熱くても大丈夫だよ。歩いて行かれる？——

——路面電車に乗らないと遠いですよ。その途中の五稜郭は公園になっていて、そこもお勧めです。あとは別方向だけれど、谷地頭《やちがしら》にも小さな温泉があるし、その先に立待《たちまち》岬という眺めのいい場所があって——

張り切って途中まで説明して、レイモンの片言の日本語では、谷地頭に行くのは無理だと気づいた。途中の十字街で、電車を乗り換えなければならないし、行き先は日本語表記しかない。

それどころか乗り換えなしで行かれる五稜郭公園にさえも、行き着けるか怪しかった。車内の案内を聞き取れなければ、降りる場所がわからない。

ならば行き先を書いた紙片を渡そうと思い、また帳場に紙と鉛筆を取りに走った。いつものように帳場には祖母がおり、その顔を見たとたんに気が変わった。

「ねえ、おばあちゃん、レイモンさんに電車の乗り方と降り方を教えてあげたいんだけれど、ちょっと五稜郭まで出かけていい？」

「レイモンさんて、あの手の大きな、真面目そうな人かい？」

「そうそう」

「ああ、いいよ。あの人なら間違いもなさそうだし、行っておいで」

「ありがとう」

コウは洋食堂に戻って、レイモンに言った。

――一緒に五稜郭まで行きましょう。いちど電車の乗り降りを覚えれば、湯の川にも行かれるでしょうし――

――仕事は、いいのかい？――

――夕食の準備までに戻れば大丈夫。だけど、この着物じゃ目立ってしょうがないから、着替えてきます。ちょっとだけ待っててくれますか――

――ああ、いいよ――

コウは一目散に自分の部屋まで走っていって、手早く縞《しま》の小袖に着替えてから、また大急ぎで戻ってきた。

額に汗をにじませ、肩で息をつきながらテーブルの前に立つと、レイモンは笑顔で迎えた。

――急いでくれたんだね。ありがとう――

そして、ふたりで末広町の電停から、路面電車に乗り込んだ。

五稜郭公園前で電車を降り、コウは歩きながら話した。

――五稜郭は長い間、陸軍の練兵場だったんだけれど、私が女学校に入る前に、公園になったのよ――

土曜日の午後のせいか、思ったよりも人出があった。

南西側の堀の手前に案内板があり、上空から見た図が解説されていた。

――今、私たちが居るのが、この角――

コウは図の現在地と、眼の前に鋭角にせり出した石垣とを、指で示した。

――へえ、見事な星形要塞《ようさい》だね。これを侍たちが造ったの？――

——そうよ。完成まで何年もかかったので、すぐに明治維新という革命が起きて、侍の時代じゃなくなったけれど——

——すごいね。こういう星形要塞は、ヨーロッパにたくさんあるよ。ドイツにもフランスにも、ノルウェーにだって、いくつもある——

レイモンは幕末まで日本が鎖国状態だったことを知っており、開国早々に、こんな洋式要塞を建造できたことに、いたく感じ入った様子だった。

——星形の要塞は、星のとがった部分に銃砲を据えておけば、敵が攻めてきた時に、銃口を左右に大きく振れるから、死角が少なくて敵を倒しやすいんだ——

今度はコウが意外に思う番だった。

——へえ、そうなの？　なぜ星形なのかまでは知らなかったわ——

ふたり並んで堀の橋を渡った。

——ここで侍たちは、外国の軍勢と戦ったのかな——

コウは首を横に振り、女学校の歴史の授業で習ったことを話した。

——明治維新で幕府が倒れて、新政府ができたけれど、それに納得のいかない幕府方の侍たちが、北海道で独立国を創ろうとして、函館にやって来たの。それで内乱にはなったけれど、外国とは戦っていないわ——

——日本でも内乱があったのか。国を二分するような大きな戦争には、ならなかったのかい？――

――函館戦争の前にも局地的な争いはあったし、明治維新の十年くらい後には、今度は新政府の中で対立が起きて、西南戦争とか、いくつか内乱はあったけれど、どれも国を二分するほどにはならなかったみたい――

――僕は、なぜ日本が植民地にならずにすんだのか、それを知りたくて来日したんだけれど、その理由が今、呑み込めたよ――もし大きな内乱になっていたら、イギリスやフランスが介入して戦争が拡大し、結局は植民地になっていただろうという。

――インドがそうなんだ。日本の侍たちは賢明だったね――

堀の土手上を歩きながら、しみじみと話す。

――戦争はおろかなことだ。僕がノルウェーに行ったばかりの頃に世界大戦が起きて、まだ僕も若かったから、いきり立って志願兵になったけれど、戦場は悲惨だった――仲間が目の前で次々と戦死して、レイモン自身も負傷し、精神的にも身体的にも耐えられずに脱走したという。

――ヨーロッパは昔から戦争ばかりやってる。領土を取ったり取られたり。僕の故郷のボヘミアなんか、さんざん振りまわされてきた。だけど、もう戦争なんかやめて、ヨーロッパはひとつになるべきだと思う――

それぞれの文化は尊重しつつも、共同体にできないか、本気で考えているという。

レイモンは少し心配そうに聞いた。

——こんな話、つまらないかい？——

コウは慌てて首を横に振った。

——そんなことない。ただ、そんなことを考えていたのかって、ちょっと意外だっただけ——

——ハムとソーセージと缶詰のことしか、頭にないと思ってた？——

——そういうわけじゃないけれど——

——いや、本当はね、ハムとソーセージのことだけ考えていたいんだ。でも戦争は生きるか死ぬかの瀬戸際だから、美味しいものなんか二の次になってしまう。僕の仕事と戦争は、どうしても相容《あいい》れないのさ——

その時、香ばしい香りが、鼻先をかすめた。少し先に焼きとうもろこしの屋台が出ていたのだ。

レイモンが目を輝かせた。

——美味しそうだね。食べようよ——

もう走り出し、さっそく手振りで二本を買い求め、片方をコウに差し出した。

ふたりで草地に腰を下ろして、焼き立ての熱々にかぶりついた。ぷりっとした粒の歯ざわりがみずみずしい。かみしめると、最初は醤油《しょうゆ》の香りが立って、次に塩気が続き、最後に甘みがほとばしる。

——美味いな——

レイモンは大きな手で、とうもろこしの芯をくるくるとまわしながら、いかにも美味しそうに食べる。それが微笑《ほほえ》ましかった。

——うちでステーキを食べていた時もそうだったけれど、本当に美味しそうに食べるのね——

レイモンは、いたずらを見つけられた少年のように、少し肩をすくめて笑った。

——なにせ食いしん坊だからね。君も美味しそうに食べるよ——

すっかり食べてしまってから聞く。

——コーンのこと、日本語でなんていうの?——

——正式には、とうもろこしよ——

——とう、も、ろ?——

——函館じゃ、トウキビっていうのよ。もっと短く、キビっていう人もいるし。なぜ、とうもろこしなんて、面倒くさい言い方をするのかしらね——

——キビか。そっちの方がいいね——

ふたりで顔を見合わせて笑った。

コウが食べ終えると、レイモンはシャツの袖口をめくって、腕時計を見た。

――そろそろ帰った方がいいかな――

コウは名残惜《なごり》しい気がしたが、夕食の準備を抜ける訳にはいかない。

ふたりで立ち上がって、来た道を引き返し始めた。また、どこかに案内したくて呼びかけた。

――レイモンさん――

するとレイモンは意外なことを言った。

――レイモンさんじゃなくて、カールでいいよ――

――カール？――

――レイモンさんじゃ、なんだか他人行儀だし――

――わかったわ。それじゃカール――

――何？――

だが改めて聞かれると、恥ずかしくなってしまい、次の約束などできない。

――何でもない――

それきり妙に話が弾まなくなってしまった。

五稜郭公園前の電停まで来て、ようやく思い切って言った。

――カール、今度は立待岬に案内させて――

するとレイモンは、また優しそうな笑顔になった。

——僕も頼みたかった。でも仕事の邪魔をしたら、悪いかと思って——

コウは激しく首を横に振った。

——大丈夫。ちょうど空き時間だし——

——それなら行こう。今度の土曜日——

そう約束した時に、ちょうど路面電車が轟音とともに近づいてきた。

翌週は特に天候に恵まれ、谷地頭まで路面電車で行って、そこから立待岬まで、人気《ひとけ》のない細い道を、ふたり並んで歩いた。

岬の突端に立つと、津軽海峡の波が打ち寄せ、晴天の彼方に下北半島が望めた。

——立待岬って、立って待っているという意味なのよ——

——へえ、ここで誰かが恋人でも待っていたのかな——

——私も、そう思ってたんだけど、もともとはアイヌの地名で、ピウシって呼ばれてたんですって。「岩の上で魚を待ち伏せして、ヤスで突く場所」っていう意味で、それを和人が訳したらしいの——

——なんだ、立って魚を待ってたのか。ロマンチックな話じゃないんだな——

——ほんとにね——

ふたりで大笑いになった。ふたりでいると何もかもが楽しくて、夕方までに帰らなければならないのが惜しかった。

それからは毎週、函館山の途中まで登ったり、大森浜という海岸を歩いたりした。路面電車の終点である造船所前まで行って、そこから外海沿いを歩き、人里離れた外国人墓地にも行ってみた。

ペリーが黒船で来航し、開港予定だった函館を検分しにきた際に、ふたりの水夫が病死した。その遺体を葬ったのが、外国人墓地の始まりだと聞く。

海に向かって傾斜のある一角に、日本の墓石とは異なり、白っぽい石板《せきばん》が並ぶ。よく見ると、ロシア人ばかりが集まる区域もあれば、中国人の場所もある。それぞれ石の形が独特で、コウは楽しく見て歩いた。

するとレイモンが潮風を受けながら言った。

——いっそ僕も、ここに葬られたいな——

コウは驚いて聞き返した。

——なぜ、そんなことを言うの？　日本じゃ、縁起の悪いことを言うと、言霊《ことだま》っていって、それが本当になるって恐れるのよ——

——そんなに縁起が悪いかな？——

——そりゃ、そうでしょ。自分が死ぬ話なんて——

―――いや今すぐじゃなくて、もっとずっと後の話さ。いっそ、あちこち渡り歩くのは終わりにして、このまま函館に居ついても、いいかなと思って―――

レイモンは墓石の間で立ち止まり、街の方向を振り返った。

―――こんな素敵な街で、ハムやソーセージの店を開いて生きていかれれば、いい人生が送れそうな気がする―――

コウは、そういう意味だったのかと合点した。レイモンは、また歩きながら言った。

―――函館にはカトリック教会があるから、日曜ごとに通えるし、年をとって命が尽きたら、ちゃんと葬式も出せるしね―――

信心深い人なのだなと、また見直す思いがした。

レイモンは外国人墓地が途切れた辺りを指さした。

―――この辺がいいかな。海を眺めながら眠るんだ―――

それなら私も一緒のお墓にと、コウは思ったが、言葉にはできなかった。

北の短い夏は、あっという間に過ぎていき、レイモンがカムチャッカに戻る日が近づく。

コウが洋食堂の暖炉に火を入れた朝、レイモンが食事の後で聞いた。

―――近いうちに休みを取れないかな。会社でトラックでも借りるから、少し遠出をしないか――

コウは思わず銀の盆を抱きしめた。

――遠出？　それなら妹に仕事を代わってもらうわ。今、夏休みだから、一日くらいなら大丈夫だと思う――

妹とも相談して、次の木曜日にと約束が決まった。ちょうど妹の習い事がない日だった。

その夜のこと、奥座敷で、父の鉱三に厳しい口調でとがめられた。

「コウ、特定の客に近づきすぎるな」

毎週、レイモンと出かけていることが、さすがに耳に入ったらしい。

「今、おまえの縁談を進めている。相手は日魯の若手社員で、将来有望な男だ」

コウは驚いて言い返した。

「そんな見ず知らずの人なんか」

よりによってレイモンと同じ会社だ。

「見合いはこれからだ。文句を言わずに、親の決めた相手と一緒になれ。それが幸せってもんだ」

母も畳に片手をつき、身を乗り出して言う。

「お父さんはね、あなたが西洋人のお客と間違いでもあったらって、心配しているんですよ。ありがたく思いなさい」

鉱三が追い打ちをかける。

「とにかく、今後一切、外出は禁止だッ。特に土曜の午後は、奉公人たちにも見張らせるからな。いいなッ」

コウは悄然《しようぜん》として立ち上がり、帳場の祖母に助けを求めにいった。

「お父さんが、日魯の社員と見合いさせるって」

祖母は困り顔で答えた。

「聞いてるよ。日魯漁業の景気がいいんで、娘を嫁に出すなら日魯って、人さまは言うらしいんだけど、私は反対だよ。あんたは勤め人よりも、商売している家の方が向いているし」

祖母自身、かつて弘前《ひろさき》の旧家に嫁いだものの、姑《しゆうとめ》やら小姑《こじゆうと》やらが大勢いて、窮屈でたまらなかった。そのため馬にまたがって青森港まで駆け通し、連絡船に乗って逃げ帰ってきたという勇ましい経歴を持つ。

「だけど、鉱三も言い出したら頑固だから。私の言うことなんか、聞きやしない」

祖母もお手上げ状態だという。

翌朝、洋食堂に降りてきたレイモンに、コウは素早く近づいてささやいた。

――もう土曜の午後は出かけられなくなったの。父がいけないって――

レイモンは顔色を変えた。

――じゃあ、木曜の遠出は？――

――わからない。もし見張られていなかったとしても、うちの玄関からじゃ出かけられないわ。日魯漁業のトラックを借りるのなら、朝、そっちに行くから――

――わかった。じゃ、会社の裏手に車を停めて待ってる――

わずかな言葉を交わして、その時は別れた。


水曜日に妹に打ち明けると、胸を張って承諾してくれた。

「わかった。お姉ちゃん、気兼ねなく出かけてきて。明日のランチと夕食は、私が頑張るから。このままお嫁にいかされたら、レイモンさんと会うのは、これが最後になっちゃうだろうし」

約束の木曜の朝食時には、レイモンと目で合図して、約束を確認し合った。

朝食の片づけを終えてから、厨房の隅で手早くサンドイッチを作り、塗りの重箱に詰めた。朝食の残りのコーヒーも魔法瓶に注ぎ入れ、カップもふたつ用意した。

料理長が気づいて聞いた。

「お嬢さん、どこかに出かけるんですか」

「ううん、そうじゃなくて、女学校の頃の友達が遊びに来るから、奥でお昼を食べようと思って」

料理長は、土曜日の午後だけ目を光らせていればいいと思い込んでいるのか、特に疑いもしなかった。

それから奥の自室で着物を着替えた。重箱とコーヒーカップを籐籠《とうかご》に押し込み、魔法瓶を手に下げて、裏門の潜戸から走り出た。

赤煉瓦の倉庫街を早足で歩いて、日魯漁業の巨大なビルにたどり着いた。

もう出社時間は過ぎているらしく、ビルの玄関からは、背広姿の男が、ひとりふたりと出入りするだけだ。

玄関を避けて裏手にまわっても、トラックなど停まってない。ただ幌《ほろ》つきの箱型自動車が一台だけ置いてあった。明らかに高級輸入車だが、どこか妙だった。

すると運転席から、レイモンが飛び出してきた。

――うまく出られたんだね。よかった――

――土曜日じゃなかったから、案外、平気だったわ。でもトラックじゃなかったのね?――

――たまたま、この車が空いてたんだ――

コウは近づいて驚いた。形は高級車なのに、かなり古そうで、幌は破れ、車体は海老茶色の塗装が剝げて、あちこち錆びている。特にドアの下は錆《さび》がひどく、いくつも穴が空いていた。

思わず吹き出した。

――すごい車。こんなの見たことない――

自動車が本格的に日本に入ってきたのは、世界大戦の好景気がきっかけだ。だから、どれも新しく、車体は光り輝いているものと思い込んでいた。

――なかなか、すごいだろう。いちおうフォードなんだけれど、ずいぶん前に輸入されたらしいんだ――

レイモンは平然と話していたが、ふいに心配顔に変わった。

――もしかして、こんなボロ車で出かけるの、嫌かい？――

――そんなことないわ――

コウは勢いよく首を横に振った。

――ピカピカの高級車に乗ってきたら、かえって嫌だったかもしれない。あなたらしくないし――

レイモンは苦笑して、首の後ろをかいた。

――ボロ車の方が僕らしいか。ま、そういえば、そうだけどな――

それから助手席のドアを開いて、手で促した。

――さあ、乗って、乗って――

中は座席が総革張りだが、ところどころ破けて、中綿が顔を出している。コウが籐籠を抱えて乗ると、レイモンは勢いよくドアを閉め、運転席側にまわって、自分も乗り込んだ。そしてエンジンをかけた。

——自動車の運転なんかできるの？——

——ちょっとは練習した——

——ちょっと？——

レイモンは気軽に言う。

——まあ、なんとかなるだろう——

エンジン音だけは、いかにもフォードらしく、盛大な音を響かせて、西に向かって発進した。

レイモンは行き先も告げずに、海沿いの道を西に向かった。たまに荷馬車と行き交うだけで、自動車など一台も走らない。

道の悪さで、時々、車体ごと飛び跳ねて、体が浮きそうになる。だが、ふたりなら、そんなことも楽しくて、笑い通しだった。

後ろを振り向くと、乾いた土煙がもうもうと上がっている。前を向けば、向かい風で髪が盛大になびく。レイモンが途中で、幌を外したのだ。

エンジン音とタイヤの騒音と風音の中で、普通に話しても聞こえない。コウはレイモンの耳に口を近づけて、大声で言った。

――短い髪にしていて、よかったわ。髪を結っていたら、もう崩れてめちゃくちゃよ。今だって、めちゃくちゃだけど――

レイモンはハンドルに手をかけたまま、こちらを向いて目を細めた。

――風になびく髪もいいよ。シカゴで見たアメリカ映画の女優みたいだ――

日魯漁業の裏手でレイモンと会うまでは、コウは父に見つかったらどうしようと、気が重かったが、今は何もかも忘れられそうだった。

妹が言う通り、日魯の社員に嫁がされたら、もうレイモンとは会えない。これが最後かもしれないのだから、せいいっぱい楽しもうと決めた。

海岸線は大きな弧を描き、フォードは並行する道路を、緩やかにカーブしながら進んでいく。

レイモンが片手をハンドルから離して、左後方を指さした。

――ごらん。あれが函館山だろう――

いつもなら目の前に大きくそびえる函館山が、青い入江の対岸に小さく望めた。

――じゃあ、この海が函館湾？――

――その通りだ――

函館港は造船所のある岬の内側にある。その小さな入江を、もうひとつ大きな入江が取り囲む。それが函館湾だ。港は二重の湾に囲まれているからこそ、波が穏やかで天然の良港だった。

しかしコウは、さすがに少し不安になってきた。

――本当に、どこに行くの？――

この先に訪ねる価値のある場所といえば、松前城址《じようし》くらいだが、どう考えても遠すぎる。

ようやくレイモンが答えた。

――トラピスト修道院だよ。男の修道士たちが暮らしている――

コウは首を傾《かし》げた。

――トラピストって、名前は聞いたことはあるけれど、普通の人が入れる場所じゃないでしょ？――

――建物には近づけないけれど、広大な敷地で、アプローチだけでも美しいって、元町のカトリック教会で教えてもらったんだ――

修道院と聞いて、コウは気持ちが引けた。そんな禁欲的な場所に、浮ついた気分で出かけていいはずがない。

それからも海沿いの凸凹道をひた走ると、ふいに右手に小さな表示が現れた。石板にアルファベットで何か書いてあったが、すぐに通りすぎてしまい、コウには読み取れなかった。

レイモンには読めたらしく、大きく右にハンドルを切った。フォードは海岸沿いから離れて内陸方向に入り、それから道路が、また逆方向に大きく湾曲した。

曲がり切ったところで、コウは息を呑んだ。そこから道が直線に変わったのだ。緩やかな上り坂が、まっすぐに延びている。

道の両側には、空に向かって梢《こずえ》を伸ばす針葉樹が、どこまでも連なる。その左右は広大な草地だ。

白っぽい直線の道と、濃い緑色の葉と薄茶色の幹の並木、そして明るい緑の草地。さらに上空には、まぶしいほどの青。信じがたいほど美しい色彩の対比だった。

そして道の、もっとも奥まった突き当たりに、洋館の尖塔が見えた。

――あれが、修道院？――

予想していたものとは、まったく違っていた。禁欲的な重苦しさが皆無で、ただただ清々しい。

だが、なおも不安になって聞いた。

――こんなところに入っていいの？――

レイモンは、またハンドルから片手を離して、行く手を指さした。

——正面の建物が門で、その手前までは行かれるらしい——

針葉樹の間を進むにつれ、洋館の尖塔が近づいてくる。洋館の手前が急な上り坂で、そこに長い石段が刻まれていた。

石段の下で、レイモンは車を停めた。コウがドアの開け方に戸惑っていると、レイモンは外に出るなり、軽い足取りで助手席側にまわって開けてくれた。

コウは周囲を見まわして、誰もいないことを確かめてから、おそるおそる下駄の足先を地面につけた。

立ち上がると、爽《さわ》やかな風が吹いていた。一帯は清涼な空気に満ちており、やはり修道院らしい荘厳な雰囲気を感じる。

来た道を振り返ると、光の当たり方が、さっきとは異なっているが、やはり直線道路と針葉樹と草地が織りなす絶景が続いていた。

——門まで行ってみよう——

レイモンが石段を登り始める。コウは後を追った。

長い石段を登りきったところに、煉瓦造りの建物があり、正面のアーチをくぐると門扉が現れた。黒い塗料が塗られた鉄柵の門だ。

レイモンが柵をつかんで言う。

——入れるのは、ここまでだな——

コウも並んで中を見た。ちょっとした芝生の広場があり、その先に洋館がそびえていた。人気はなく、ただただ静まり返っている。

――ここに本当に用があって来た人は、どうやって中に入れてもらうのかしら――

するとレイモンが門扉脇の鐘に近づいた。

――これを鳴らせば、誰か出てくるんだろう――

鐘から下がる綱をつかんで、いきなり大きく振ろうとした。コウは慌てて腕をつかんで押《お》し止《とど》めた。

――やめて、やめて。修行の邪魔をしたら悪いわ――

レイモンは笑い出した。

――冗談だよ。鳴らしはしない――

冗談だとわかるなり、腕をつかんだことが急に恥ずかしくなって、慌てて手を放した。つかんだ手のひらが妙に熱い。

門の両側に木製の扉があり、入ってみると、小部屋に長椅子が置かれていた。

――冬は極寒だろうから、誰か出てくるまで、ここで待つんだろうな――

コウは冬景色を思い描いた。草地は一面、白一色に輝き、針葉樹の枝に積もった雪が、風にあおられて、きらめきながら舞い散る。美しくも厳しい、修道士たちの暮らしが推し量られた。

ふと見ると、壁に石板が掲げられ、何かアルファベットが刻まれている。

――読めないわ。なんて書いてあるの？――

――「祈り、働け」だ。ラテン語だよ――

――ラテン語も読めるの？――

――簡単な単語だけさ――

――いい言葉ね――

――ああ、僕も日々、そうしているつもりだ――

それから石段を下って、ふたりで車まで戻った。

コウは助手席側に近づいて言った。

――サンドイッチを持ってきたから、海岸に降りて食べない？――

レイモンは不思議そうに答えた。

――海岸じゃなくて、その辺の草地に座って食べようよ――

――ええッ？　修道院で？――

――かまわないよ。これがランチ？――

レイモンは助手席から、籐籠と魔法瓶を取り上げた。そして草地の中を平然と歩いていく。慌てて後を追った。

レイモンは、誰もいない草地のただ中で立ち止まり、そのまま腰を下ろした。そしてポケットからハンカチーフを取り出すと、かたわらに広げた。

——どうぞ、ここに、お座りください——

丁寧に勧められて、コウはハンカチーフの上に横座りになった。そして籐籠から重箱を取り出した。

——綺麗《きれい》な箱だね。こういう日本の工芸品は世界一だ——

西洋には漆器がない。勝田旅館の客の中にも、気に入って土産物として持ち帰る者が少なくない。

コウが蓋を開けると、レイモンは歓声をあげた。

——これは美味しそうだな——

——中身はカツレツとキャベツ。料理長が作った残り物を、私がパンにはさんだだけだけど——

——バターとマスタードくらいは塗っただろう——

——ウスターソースも塗って、キャベツもはさんで、ナイフで切り分けました——

——じゃあ、充分な料理だ——

コウは笑いながら、魔法瓶のコーヒーをカップに注いで手渡した。

レイモンは片手にカップを持ったまま、サンドイッチに手を伸ばして口に運んだ。最初のひと口を飲み込んで言う。

──美味いよ。とっても。いい豚肉を使ってる。コーヒーも温かいし、香りも飛んでいない──

そして草地を見渡した。

──こんな場所で、君とふたりで食べるから、余計に美味しいんだろうな──

コウはサンドイッチを頬ばりながら、この時間が、ずっと続けばいいのにと願った。だが重箱も魔法瓶も、たちまち空になってしまう。コウは重箱に蓋をして、籐籠の中に戻した。

草地と針葉樹の連なりに目を向けると、太陽の動きにつれて、光と影の加減が刻々と変わりゆく。

後は函館に帰るだけかと思うと哀《かな》しかった。縁談のことを打ち明けるべきか迷う。するとレイモンが上着の内ポケットから、平たい木箱を取り出して、コウに手渡した。赤いリボンがかかっている。

──私に?──

驚いて聞くと、レイモンは黙ってうなずいた。

──開けていい?──

──もちろん──

──何かしら。誕生日でもクリスマスでもないのに──

リボンをほどいて、平たい蓋を開けると、白い薄布が入っていた。極細の糸で編んだ総レースで、繊細な柄が全面に編み込まれている。

コウは思わず歓声をあげた。

――わあ、きれい――

――カムチャッカで、ロシア貴族の女性が手放すと言うので、譲ってもらったんだ。ハンガリー製のアンティークだけれど、大事にしまっていたから、ほとんど新品だと話していた――

――高かったんでしょう――

コウはレースを広げた。ハンカチーフよりも、ずっと大きい。

――何に使うの？　テーブルクロス？　でも汚れそうで、もったいないわよね。あ、わかった。スカーフでしょ――

両手で端をつかんで、くるりと首にまわした。

――これをかぶったら、帰りは髪がめちゃめちゃにならずにすむわね――

冗談半分に首元から持ち上げ、ひょいと頭にかぶった。

だが目の前で、レイモンが生真面目な顔をしている。

――どうしたの？――

コウは不安になって聞いた。

——これ、もしかして、スカーフじゃなかった？——

するとレイモンは両手を伸ばし、レースの端をつかんで少し前に引いた。目深にかぶるような形になる。

——これはね、ヴェールなんだ。女性がミサの時にかぶるものだ——

そんな意味のあるものだったのかと、コウは、ひとりではしゃいだことを恥じた。

——ごめんなさい。そんな大事なものだったとは思わなくて。スカーフだのテーブルクロスだのって言って——

——いや、いいんだ。君が喜んでくれて——

レース越しに、優しい目で言った。

——ヴェールはミサの時だけじゃなくて、結婚式でもかぶるんだよ——

もういちどレースに軽く手をふれた。

——このヴェールをかぶって、僕の花嫁になってほしい——

思いもよらない言葉に、コウは呆然《ぼうぜん》とした。

日本では親が娘の結婚相手を決める。一方、西洋では、男性が女性に結婚を申し込む。その習慣は知ってはいた。でも、それがわが身に起きようとは、夢にも思っていなかった。

レイモンが確かめるように聞く。

――嫌かい？――

ヴェールの下で激しくかぶりを振った。

外国人墓地を訪ねた時に、レイモンはここに葬られたいと言った。それを聞いて、コウは私も同じ墓にと願った。だから前から望んでいたことなのだ。

なのに感情が高ぶって、ぽろぽろと大粒の涙がこぼれる。

――なぜ泣くの？――

コウは涙声で、ようやく、ひと言だけ答えた。

――うれしくて――

そして指先で頬をぬぐった。

――あなたがカムチャッカに戻って、私は見ず知らずの人のところに、お嫁に行かされて。あなたと会うのは今日が――

また涙で言葉が途切れる。

――今日が？――

促されて、とぎれとぎれに続きを口にした。

――今日が、最後と、覚悟して来たから。だから、うれしくて――

それでもコウは自信が持てず、顔を上げて聞いた。

――でも、本当に、私でいいの？――

——もちろんだ——

レイモンは大きな手をコウの肩に載せ、耳元でささやいた。

——君は、いつだって一生懸命だ。前向きで健気《けなげ》なところに、僕は惹かれたんだ——

また体を離し、顔を見て言う。

——今夜にでも、君のご両親に話そう。元町の教会で式を挙げるんだ——

——ありがとうッ——

今度はコウが、体をぶつけるようにして抱きついた。相手の首に両腕をまわしかけ、広大な草地のただ中で抱き合って、うれし涙にくれた。


函館に戻り、車を日魯漁業に返して、ふたりで勝田旅館に向かった。

——父は反対するかもしれない——

コウが不安を口にすると、レイモンは自信ありげに言った。

——きちんと話せば、きっとわかってもらえるよ。僕は、しばらくは日魯漁業の仕事を続けるけれど、いずれはハムやソーセージの店を出そうと思う。それに北海道の畜産や酪農にも貢献したいんだ。だから函館を離れるわけじゃないし、ご両親にも安心してもらえるよ——

コウは小さくうなずいた。

――君のお父さんに日本語で結婚の報告をしたいんだけど、なんて言えばいい?――

「お嬢さんを頂きたい。きっと幸せにします」

「オジョウサンヲ、イタダキタイ」

レイモンは、たどたどしく言い、コウが後半を繰り返した。

「きっと幸せにします」

「キット、シアワセニシマス」

「そうそう、その調子」

「オジョウサンヲ、イタダキタイ。キット、シアワセニシマス」

レイモンは何度も繰り返す。

ふたりで勝田旅館の前に至ると、客待ちをしていた奉公人が気づき、血相を変えてアーチの玄関に飛び込んだ。

中から大声が聞こえる。

「旦那ッ、旦那さんッ、お嬢さんが帰ってきましたよッ。レイモンの野郎も一緒ですッ」

嫌な予感がしたが、ふたりでアーチをくぐった。すると玄関に、父の鉱三が仁王立ちになっていた。

そしてコウにいきなり聞いた。

「どこへ行っていた？　料理長には、女学校の友達が遊びに来ると言ったそうだな。そんな嘘までついて、その男と出かけていたのかッ」

「嘘をついたのは、ごめんなさい。でも」

言いかけた途中で、鉱三が大股で近づき、右手を大きく振り上げて、力いっぱい娘の頬を張った。

衝撃でコウはよろけ、隣に立っていたレイモンに倒れかかった。レイモンは顔色を変えてコウを抱き止め、日本語で言った。

「ヤメテクダサイ」

だが鉱三は娘の腕をつかんで、レイモンから力ずくで引き離そうとした。

コウは離れまいとしがみつき、レイモンはコウをかばって言った。

「ノー、ノー、ノー」

しかし鉱三は、いよいよ激高する。

「何が、ノーノーだッ。娘をかどわかしやがって」

コウは夢中で叫んだ。

「お父さん、聞いてッ。レイモンさんは、私をかどわかしてなんかいないッ。それどころか、私をお嫁にもらってくれるって言うんだからッ」

「馬鹿ッ、おまえはだまされてるんだッ」

するとレイモンが急にコウから離れ、まっすぐに立って、しっかり頭を下げた。

「オジョウサンヲ、イタダキタイ。キット、シアワセニシマス」

だが鉱三は鼻先で笑った。

「あんたみたいな風来坊に、うちの娘はやれないね」

レイモンには難しすぎる日本語で、理解できない。鉱三は、かまわずに話し続ける。

「あちこちを、ふらふらしてるらしいが、そういうのを日本じゃ根無し草って、いやしむんだよ」

そしてコウに命じた。

「ちゃんと訳して聞かせてやれ」

だがコウは訳さずに、父に言い返した。

「レイモンさんの技術は世界中から求められるから、それに応じてきただけ。でも、これからは函館で暮らしてくれるって」

間髪をいれずに、鉱三も怒鳴り返す。

「何度も言うが、おまえはだまされてるんだ。そんなことも、わからんのかッ」

そしてコウの胸ぐらをつかんだ。

「目を覚ませッ」

もういちど右手を上げた時だった。レイモンの大きな手が、鉱三の手首をつかんだ。

「ヤメナサイ」

だが鉱三は周囲に集まってきていた奉公人たちに命じた。

「こいつをつまみ出せッ」

いっせいに男たちがレイモンに襲いかかる。鉱三も体当たりして、大きな手を振りほどいた。

レイモンが玄関の外へと引きずられていく。いくら暴れても、多勢に無勢でどうにもならない。

コウは絶叫して駆け寄ろうとした。すると母が叫んだ。

「コウ、やめなさいッ」

次の瞬間、女の奉公人たちが、いっせいに駆け寄って、コウを背中から羽交い締めにした。

「離してッ。やめてッ」

必死に身をよじっても、どうにもならない。

——カール、行かないでッ——

声を限りに叫んだが、レイモンは男たちの手で、門の方まで引きずり出された。

鉱三はレイモンの大型革鞄を、すでに部屋から持ち出しており、それを引きずってきて、玄関から外へと放り出した。

地面に落ちたはずみで、革鞄の蓋があいて、中身が散らばった。書類や衣類が風で舞い上がる。

レイモン自身も男たちに力まかせに放り出され、道端に仰向《あおむ》けに転がった。

鉱三が怒鳴った。

「玄関扉を閉めろッ。あいつは二度と泊めるなッ」

閉まり始めた扉の隙間から、一瞬、レイモンと視線が合った。その目には、哀しみと悔しさと情けなさとが宿っていた。コウは居たたまれない思いがした。

扉は閉じ切って、玄関の空間が暗くなった。

すると今まで黙っていた祖母のチサが、父に駆け寄って、声高に非難した。

「鉱三、やりすぎだよッ。こんなことをして国際問題にでもなったら、どうするんだいッ」

鉱三は、はき捨てるように言った。

「母さんは黙っててくれッ。こっちだって娘を傷物にされたんだ。訴えてやる」

コウは泣き叫んだ。

「私は傷物になんかされてないッ。レイモンさんは、そんな浮ついた人じゃないッ」

だが鉱三が、また奉公人たちに命じた。

「コウを、例の部屋に閉じ込めろ」

男たちがコウの両腕をつかみ、背中を押す。コウが頑強に動かないでいると、両脚をたかだかと持ち上げられ、三階のいちばん端の客室まで、荷物のように運ばれた。そして部屋の中に放り出され、いきなりドアを閉められた。すぐさま真鍮《しんちゅう》のノブに飛びついたが、外側から鍵をかけられた。もう内側からは開けられない。ならば窓から逃げようと駆け寄った。だが驚いたことに、窓枠の外側に閂が下ろされており、内側からは、どうしても開かないように細工されていた。

コウは呆然として口走った。

「こんなことまでして、お父さんは、私を閉じ込めておきたいのね」

ついさっきのレイモンの哀しげな目が、脳裏によみがえる。そんな思いをさせた父のことが、コウには許しがたかった。

それからは女の奉公人たちが、時間ごとに食事を運んできたが、コウは水以外、いっさい口にしなかった。母が来ることもあったが、話しかけられても、振り向きもしなかった。

そしてレイモンのことばかり考えた。あんなひどい目に遭って、もう結婚など諦めてしまったのではないか。もうカムチャッカに行ってしまい、二度と会えないのではないか。

でも会いたい。会いたくてたまらない。カムチャッカでもカールスバートでも、どこまでも追いかけていきたかった。

十日ほど経った夜に、祖母が現れた。

「なんとかしてやりたかったけれど、どうにもできなかったよ」

チサは食事の盆をテーブルに置いて、その前の椅子に腰かけた。

「レイモンさんね、中国に渡ったそうだよ」

コウは驚いて顔を上げた。

「嘘」

「嘘じゃないよ」

「だってカムチャッカで、仕事が待っているはずよ」

チサは黙って首を横に振った。コウは思い当たった。

「もしかして、私とのことが噂《うわさ》になって、会社に居づらくなったの？」

「詳しいことはわからない。ただ中国に行ったって、聞いただけだから」

「おばあちゃん、中国のどこなのか、聞いていない？」

「追いかけていくつもりかい？」

コウは黙って目を伏せた。

「知っていたら、教えてやりたいけれど、そこまでは聞いていない」

中国は広大で、どこの町かわからなければ、追いかけようがない。

「コウ、とにかく、ご飯をお食べ。ばあちゃんの分も持ってきたから、テーブルで一緒に食べよう」

もはや空腹も感じない。

「あんたは、もう何日も食べてないから、急に食べたりしたら、体に毒だろうし、お粥《かゆ》にしてきたよ。たくあんは今年の最後の残りだ」

チサは毎年秋になると、大量の大根と白菜を買い込んで、冬越しの漬物を作る。かならずコウは手伝ってきた。その季節が近づいており、今、食卓に上るたくあんは、去年に漬けた残りだった。

テーブルを振り返ると、チサが手招きした。

「こっちにおいで。お粥が冷えるよ」

祖母の優しさが身にしみて、コウは、ようやく立ち上がり、チサと差し向かいで腰かけた。

そして、ふたり一緒に箸を手に取った。飯茶碗《めしぢゃわん》を持つと、手のひらに温かみが伝わる。ひと口するなり、粥のやさしい甘みが、ほんのりと口に広がった。

チサがたくあんを口の中に放り投げた。ぽりぽりと、いい音が響く。

「おばあちゃん、いい音だね」

するとチサは漬物の深皿を、こちらに寄せた。

「あんたも食べてごらん。若い方が歯がいいから、もっといい音が出るよ」

コウは箸を伸ばして、ひと切れつまみ、口に運んだ。奥歯でかむと、たしかに甲高い音が出る。

「ほら、ばあちゃんよりも、いい音だ」

コウは急におかしくなって笑った。祖母も笑い出す。

ひとしきり笑ってから、コウは言った。

「おばあちゃん、ごめんね。こんな騒ぎを起こして」

するとチサは首を横に振った。

「なんもだ。私に謝ることなんか、なんもないさ」

もうひと切れ、たくあんを食べて言う。

「どうせ謝るなら、鉱三に頭を下げるんだね。口先だけでもいいから。こんなところに、いつまでも閉じ込められてたら、おかしくなるよ」

とにかく外に出してもらって、また洋食堂で働けと勧める。

「でも、今度のこと、噂になってるでしょう?」

「噂が何だっていうんだ。私だって若い頃、嫁に行った弘前から逃げ帰って来た時には、さんざん噂されたよ。けど放っといたら、私の武勇伝になったくらいだ」

コウは祖母らしいと笑った。

ふたりで粥を食べ終えると、チサが言った。

「とにかく鉱三に、どうやって謝るか、じっくり考えるんだね」

空になった食器を盆に載せて、部屋から出ていった。

だが翌朝、現れたのは祖母ではなく、父だった。扉の内側に立って横柄に聞く。

「反省したんだってな」

コウは反感を覚えたが、祖母の勧めを思い出してこらえた。そして殊勝なふりをして、深々と頭を下げた。とにかく閉じ込められるのは、もう願い下げだった。

「こんな騒ぎを起こして、申し訳ありませんでした。また洋食堂で働かせてください」

すると父は苦々しげに言う。

「ここから出ても、あいつを追いかけられるとは思うな。あいつは、おまえを置いて、中国に逃げたんだからな」

コウは言い返したいのを、かろうじてこらえた。父は、なおも苦々しげに言う。

「いつも玄関には誰かがいるし、家の裏門も南京錠をかけた。だから逃げられないぞ。それを充分、心得て、とりあえず洋食堂で働け」

コウは、ひと言だけ礼を言った。

「ありがとうございます」

日魯の社員との縁談は、今度の騒ぎが聞こえて、向こうから断ってきたという。コウとしては、むしろありがたかった。ただただレイモンが中国に行ってしまったことが哀しかった。

いつしか雪の季節が来て、大正十一年が明け、二月の声を聞いた頃のことだった。いっとき緩んだ監視の目が、また厳しくなった気がした。

するとタ食の後で、長期滞在のイタリア人が、いつものように声をかけてきた。

「コウサン、イツモ、キレイネ」

最近、コウはイタリア語で礼を言うことにしている。

「グラッツェ」

「イタリア語モ、上手ネ」

それから内ポケットから白い封筒を取り出して、小声で手渡した。

「ハイ、ラブレター」

コウは愛想笑いの顔を横に振った。

「ごめんなさい、受け取れません」

だがイタリア人は珍しく真顔で言う。

「フロム、ユア、ラバー」

恋人からと聞いて、レイモンからだと、とっさに理解した。

コウは素早く周囲に目を配った。客たちは、それぞれのテーブルで、まだ食事の真っ最中だし、厨房からは誰も出てきていない。

急いで受け取って、白エプロンのポケットに押し込んだ。そして声を低めて聞いた。

――これを、どこで？――

――元町の教会だよ――

そういえば、このイタリア人もカトリック信者で、毎日曜日、教会に通っている。

――彼は函館にいるの？――

――いったん帰ってきたんだ。でも今日、天津に戻った――

中国とは聞いていたが、北京《ペキン》でも上海《シャンハイ》でもなく、天津だったとは。

ここ数日、妙に監視が厳しくなった気がしていたが、レイモンが函館に戻ったことが、父の耳に入ったに違いなかった。

厨房で「チーン」とベルが鳴った。料理ができたと、コウに知らせる合図だ。

イタリア人は心得顔でうなずき、コウは急いでテーブルから離れて、仕事に戻った。

夕食の片づけが終わってから、コウは足早に奥に引き上げ、薄暗い廊下で、さっきの封書を開いてみた。

中から出てきたのは、函館から神戸までの切符が一枚。これで青函連絡船にも乗れる。それに神戸から天津までの外国航路の乗船券が一枚。さらに手紙が添えられていた。

動揺を抑えつつ、手紙を開いてみると、まぎれもなくレイモンの筆跡だった。

あれから日魯漁業を辞めて、とりあえず天津で短期の仕事を見つけたという。この後は故郷のカールスバートに帰って、ハムやソーセージの店を開きたいと書かれていた。

コウは文末近くに目を奪われた。

――もしも君さえよければ、同封の切符を使って天津まで来て欲しい。今、僕は函館に来ているが、長くは滞在できない。それに、ふたりで一緒に出発するのは目立ちすぎるから、先に行く。君は監視されていると聞いているけれど、無事に家を出られる機会を、よく見計らって来て欲しい。僕は天津のアスターホテルのロビーで、毎夕、君を待っている。きっと来てくれると信じている――

コウは胸を打たれた。レイモンは諦めてはいなかったのだ。安堵《あんど》と喜びが胸の奥から湧き立つ。だが同時に不安や迷いも生じる。

ひとりで遠い天津まで行かれるだろうか。でも行かないわけにはいかない。毎日、待ってくれているというのだから。

チケットをふところに隠し持ち、コウは洋食堂の厨房に戻った。片づけも終わり、もう誰もいない。

かまどに近づくと、ほんのりと温かい。鉄製の洋式かまどで、そっと鉄扉を開けると、わずかに熾《おき》が燃え残っていた。火搔《ひか》き棒《ぼう》を使って、熾をかき集めた。

そしてレイモンからの手紙に、くちびるを押し当ててから、熾の上に斜めに載せた。

さっき破いた封のところに、ぽっと火がついた。それが全体に燃え広がる。

炎を見つめながら、コウはつぶやいた。

「天津アスターホテル」

待ち合わせ場所は頭に刻み込んだ。

出発までチケットは持ち歩くとして、もしも見つかったら、客のものを預かったと言い訳すればいい。

だが万が一、手紙が発覚したら、万事休すだ。だから証拠は燃やしてしまうしかない。

朱色の炎はコウの決意の証《あかし》だった。

めぐり逢い

乗客を満載した艀船が、何艘《そう》も連なって天津港の桟橋に近づく。

桟橋の向こうには港町が広がる。函館とは違って瓦屋根に独特の反りがあり、外壁は石造りか煉瓦造りだ。

コウは、いよいよ着いたのだと実感し、胸が高鳴った。上陸が待ちきれない思いがする。

朝鮮半島と中国大陸との間に横たわる大きな湾を、黄海《こうかい》と呼ぶ。その奥まった部分を渤海《ぼっかい》といい、渤海沿いで最大の港町が天津だった。

神戸からの日本郵船で一緒だった日本人の紳士が、艀船でも一緒で、コウに申し出てくれた。

「私は迎えの車が来ていますから、アスターホテルまで送りましょうか。女性の一人旅じゃ、心細いでしょう」

しかしコウは首を横に振った。

「ありがとうございます。でも大丈夫です。ひとりで行ってみます」

レイモンに会った時に、ひとりで来たことを褒めてもらいたかった。

そうしているうちに、艀船が桟橋に横づけした。

桟橋に立つ乗客係の男たちが、艀船の船頭に向かって大きな声で何か言う。弁髪の船頭たちも大声で応じる。函館にいる中国人も声が大きいが、ここでは人数が多いので、とてつもなくやかましい。

日本郵船の中では、かならず日本語と英語の案内があったが、もう、ここは中国なのだと、コウの緊張が高まる。

乗客係の男たちは、コウたちに向かって手振りで、目の前の洋館を示す。どうやら下船したら、そこに入れと言っているらしい。

乗客が次々と立ち上がって、桟橋に移り、そのまま洋館に入っていく。コウも人の流れに続きながら、さっきの紳士に確認した。

「アスターホテルはイギリス租界の中ですね」

「そうです。天津でいちばんのホテルだから、すぐにわかりますよ。この建物を出たところに、人力車が客待ちをしているから、それに乗っていきなさい」

洋館に入ると、明らかに空気の匂いが日本とは違った。函館の中国人が暮らす界隈とも、少し違う気がした。

洋館の中には大型荷物が届いており、紳士も、ほかの乗客たちも自分の荷物を引き取り、中国人のポーターを頼んで、別の出口から出ていく。

コウの荷物は風呂敷包みひとつであり、そのまま出口に向かった。

入国の手続きは、日本郵船の船内で済んでいる。コウは旅券を持っておらず、入国できるのか、とても心配だった。

だが驚いたことに、日本人には特権があって、天津や上海だけなら旅券がなくても大丈夫だという。どちらにも日本の租界があるために、外国という扱いではないらしい。

租界は小規模な植民地だ。

洋館から出ると、紳士が言った通り、たくさんの人力車が客待ちをしていた。コウは先頭にいた車夫に近づいて言った。

「アスターホテル」

だが車夫は不審顔で聞き返す。

「アスター？」

コウはうなずいて繰り返した。

「アスターホテル」

車夫は、ほかの車夫たちに、中国語で何か聞いた。だが誰もが首を傾げる。どうやらアスターホテルは英語名で、中国語の名前が別にあるらしい。さっきの紳士に聞いておけばよかったと悔やんだが、もう日本人の姿はない。

しかたなく、その場にしゃがんで、小石を拾い上げ、地面に「天津最大旅館」と漢字で書いた。車夫たちは覗き込むが、首を傾げるばかりだ。

すると最初の車夫が、洋館の前にいた背広姿の中国人に声をかけた。男が近づいてきたので、コウは立ち上がって、もういちど言った。

「アスターホテル」

すると背広の男は、ポケットから手帳を取り出し、小さな鉛筆で何か書いて、そのページだけ切り取って、コウに渡した。

そこには「利順徳大飯店」と書いてある。「大飯店」ならレストランに違いない。コウは首を横に振った。

「ノーノー、アスターホテル」

すると男は自信ありげに、自分が書いた文字を指先でたたいた。

「アスターホテル」

コウは男から鉛筆を借りて、同じ紙片に「英国租界」と書いた。すると男は大きくうなずく。なんとか通じたようだ。

男は車夫に何か指示した。どうやら「利順徳大飯店」に行けと命じたらしい。車夫が合点して、コウに乗れと手で示す。

コウは覚悟を決めた。レストランに連れて行かれたとしても、イギリス租界の中ならば、英語が通じるに違いない。そこで改めて聞けばいいと考えたのだ。

だが乗り込んで走り出すなり、たちまち不安になる。信用して乗ってしまったが、この車夫は実は悪人で、このままさらわれて、中国の遊郭に売り飛ばされたらどうしよう。いや、さっきの日本人の紳士も、人力車に乗れと言っていた。車夫たちは信用できるはずだ。

あれこれと思い悩んでいるうちに、いつしか反りのある瓦屋根の町並みが消えて、人力車は洋館ばかりの一角に入っていた。

そして、ひときわ大きな洋館の車寄せで停まった。石造りの立派な建物で、回転扉の前で、制服姿の若い中国人が迎える。西洋のホテルには、こんなベルボーイがいると聞いている。

コウは降りる前にベルボーイに確かめた。

「アスターホテル？」

「イエス」

さっきもらった紙片も見せた。するとベルボーイは「利順徳大飯店」を指さして「アスターホテル」と言った。コウは「大飯店」がホテルという意味だと、ようやく理解した。

車代とチップを渡し、回転扉を押して中に入った。

ホテルは予想を超える豪華さだった。勝田旅館など足元にも及ばない。

床は大理石が敷き詰められ、柱と天井との間にはアーチが連なる。高い天井からは、斬新な意匠のシャンデリアが下がって、穏やかな光を放つ。

ソファやテーブルなども、コウが見たこともない形で、溜息《ためいき》が出るほど洒落《しゃれ》ていた。

手紙によると、レイモンは毎夕、ロビーで待っているという。仕事の後に来るに違いなかった。だが時間が早くて、まだ来ていない。

ただ高級すぎる気がした。レイモンは、けっして贅沢《ぜいたく》を好まない。こんなホテルに泊まるだろうかと疑問が湧く。

受付のカウンターで聞いてみると、案の定、宿泊客にカール・ヴァイデル・レイモンの名前はなかった。もしかして、もっと手軽な宿に泊まって、夕方だけ、ここで待っているのだろうか。

それとも何か起きて、来られなくなったのか。またもや不安に苛《さいな》まれる。

思えば、勝田旅館の裏門から出て、連絡船の桟橋に向かって以来、不安に次ぐ不安だった。

吹雪の中、雪に足を取られて転ばないように、気を配りながら歩いていたところ、日魯漁業のビルまで来た時に、連絡船の汽笛が鳴った。まもなく出航という知らせだ。コウは驚いた。まだまだ余裕はあると思い込んでいたのだ。部屋を出るのに手間取ったか、歩くのが遅すぎたのか。とにかく急がねば間に合わなくなる。

今度は足元などかまわずに走り、何度も転んだ。持っていた風呂敷が、汚れた雪にまみれ、中のヴェールまで汚れそうで、涙が出そうだった。

でも、こんなところで泣いていては、とうてい天津まで行かれないと立ち上がり、自分を励まして桟橋まで走り続けた。

札幌方面から来る鉄道は、函館が終着駅だ。しかし函館駅から青函連絡船の桟橋まで、引き込み線が延びている。乗船する客は桟橋で降りて、そのまま連絡船に乗れるようになっている。

乗り換え口のほかに、桟橋には独自の改札口があって、函館からの乗船客を通す。

コウは、あと少しで桟橋というところまで駆け続けた。しかし降りしきる雪を通して、駅員が改札から立ち去るのが見えた。

「待ってッ。待ってください。乗りますッ」

コウが必死に叫ぶと、駅員が気づいて立ち止まった。

「もう間に合わないぞッ」

そう言いながらも、大きく手招きしてくれる。コウは胸元から切符を取り出して、改札に駆けつけた。

改札を通ると、駅員が先に乗船口に走っていった。

「おおい、もうひとり乗るぞォ」

コウも必死に後を追う。

普段なら、列車が引き込み線に入って停車すると、下車した客でホームが一杯になる。

連絡船は先頭の蒸気機関車の、さらに先に横づけされている。

だが今はホームには誰もいない。ただ吹雪にさらされるばかりだ。コウはホームを突っ走った。小豆色の客車を脇に見て、一台、二台と通り過ぎていく。屋根には分厚く雪が降り積もっている。

出航合図の銅鑼《どら》が鳴り始めた。

もう駄目かもしれないと半ば覚悟しつつ、なおも力いっぱい走った。とうとう蒸気機関車の黒々とした車体の脇に差し掛かった。車体の熱で雪が溶け、外壁から湯気が立ち上っていた。

正面の乗船口に、駅員や連絡船の係員が、何人も立っている。船に渡されたタラップが、今にも外されそうだった。

さっきの改札口の駅員もいて、また手招きして大声で言う。

「早くしなさいッ」

コウは蒸気機関車の脇を駆け抜け、息を弾ませながら乗船口までたどり着いた。

「早く乗るんだッ」

何人にも促されて、コウはタラップを渡った。渡りきって船に乗ったとたんに、背後でタラップが音を立てて外されていく。

コウは振り返って礼を言った。

「ありがとうございます。待って頂いて、ありがとうございました」

角巻を外して、何度も頭を下げた。

駅員たちが手を振って応じてくれた。乗船口の扉が閉じられていく。

コウが船室に向かおうと振り返ると、廊下にいた男が聞こえよがしに言った。

「まったく駅員も、若い女には甘いんだからな。出航が遅れるだろうが」

周囲にいた男たちも、険しい視線を向ける。

コウは居たたまれない思いで、船室に入った。だが一瞬で立ちすくんだ。広い畳敷きの船室は、老若男女でいっぱいであり、そのほとんどの視線が、コウに集まっていたのだ。

どの目も、廊下の男たちと同じように、コウのせいで出航が遅れたと非難していた。

近くから女の声が聞こえた。

「あれ、勝田旅館の娘でないかい？」

見れば、コウの知らない顔だった。どうしてわかったのかと疑問に感じたが、角巻を外していたことに気づいた。函館では珍しい耳の中ほどまでの短髪は、あまりに目立つ。

その隣にいた女が応じる。

「勝田旅館の娘っていうと、あの外国人とできてた？」

「そうそう。今度は駆け落ちなんでない？」

「でも相手がいないよ」

「どこかで落ち合うんだ、きっと」

コウは思わず総毛立ち、彼らに背中を向けて廊下に戻った。そこには男たちの迷惑顔が待っていたが、彼らを尻目に、角巻を目深にかぶって別の船室に向かった。

もう船が揺れ始め、すでに離岸している。だから、さすがに家から誰かが追いかけてくる心配はない。

それでも嫌な想像が、どんどん膨らんでいく。もし青森に着いてから、さっきの女たちが電報で知らせて、勝田家が小型の高速船を雇って追いかけてきたら。

いや、そんなことで捕まるはずがない。函館から青森まで青函連絡船で、四、五時間だ。高速船でも三、四時間はかかる。

その間に、自分は上野行きの急行に乗り込んで、青森駅を離れている。絶対に捕まらない。でも、もしも次の列車で、上野まで追いかけてきたら。

考えても意味のない想像で、コウは悩み続けた。そして別の船室の扉をそっと開け、目立たないように畳敷きの一隅に身を置いた。

それから上野に着いても、東京駅から東海道線に乗り換えて神戸に向かっても、まだなお追っ手がかかりそうで、気が気ではなかった。

ようやくホッとしたのは、神戸港から天津行きの汽船に乗った時だった。それでも途中で下関に寄港した時には、どうか家の者が乗って来ないようにと、必死に祈った。

そんな不安と恐れの末に、ようやく天津まで来たのだ。もう気をもむのはよそうと思う。

今度の行き先が天津であることは、家族の誰にも話していない。だから追いかけて来るはずがなかった。

一安心したのも束《つか》の間《ま》、今度はレイモンが来てくれるのかどうか、それが心配でならなくなる。

まだまだ仕事が終わる時間ではない。それでもコウは回転扉を凝視した。アスターホテルのロビーの中で、いちばん回転扉が見やすい位置を選んで、ソファに腰かけた。

だが見つめているうちに、はっとした。天津行きを知っているのは、自分とレイモンだけではない。もうひとりいる。伝言の手紙を持ってきてくれた、あのイタリア人だ。

もしも彼が、鉱三から責め立てられて口を割ってしまったら、どんなことが起きるのか。想像するなり、コウは総毛立った。

また回転扉に目が向く。そこから今にも、鉱三が鬼のような形相で、現れそうな気がしてならない。その前に、なんとしてもレイモンと出会いたかった。出会って、そのまま遠くに連れ去って欲しい。

それでもコウは回転扉を見つめ続けた。くるりと扉がまわるたびに、思わず息を呑み、そして見ず知らずの西洋人が現れるたびに、深い息をはく。ただただ、その繰り返しで、時間が過ぎていった。

五時になった。おそらくは終業の時間だ。職場がどこかはわからないが、函館では勝田旅館まで十分ほどだった。

五時からの十分間は、今までで最長の十分だった。だが、いたずらに見知らぬ人が、回転扉を押して現れるばかりだ。

十分が過ぎ、二十分が過ぎ、五時三十分になっても、レイモンはやって来ない。

もしも、このまま会えなかったら、自分は、どうしたらいいのか。天津に滞在するにしても、帰国するにしても、ほとんど金を持っていないのだ。

しかし、これほどの大都市ならば、日本の領事館があるはずだ。そこに助けを求めればいい。だが、その先は函館への強制送還が待っている。それは嫌だった。

結婚の申込みだけでも、街中の噂になった。それに今度の出奔が加わるのだ。好奇の目が光る中に、おめおめと帰ることはできない。

コウは首を横に振った。いや、レイモンと会えないはずがない。手紙で「待っている」と誓ってくれたのだから。

彼が現れるまで、ここで待とう。二日でも三日でも。ホテルから追い出されるまで、ここに居続けよう。

そう決意した時だった。回転扉に目が奪われた。今までにない速さでまわったのだ。

コウは思わず立ち上がった。レイモンだと直感した。

つむじ風をかきたてるかのように、扉が一枚ずつまわり、そして小柄な西洋人が現れた。まぎれもなくカール・ヴァイデル・レイモンだ。

コウは夢中で駆け寄った。レイモンも一瞬で歓喜の表情に変わり、飛ぶような足取りで走ってくる。

そしてロビーの中央で、ふたりは全身をぶつけ合うようにして抱き合った。コウはレイモンの首に、レイモンはコウの背中に、たがいの両腕を強く巻きつける。

レイモンが耳元で言う。

——来てくれると信じてた。毎晩、ここで待っていたんだ。こうして会えると信じてた——

コウは泣いた。泣きながら、不安だったのは自分だけではなかったのだと気づいた。レイモンも再会を信じつつも、もしかしたらコウが来られない状況も、覚悟せざるを得なかったのだ。たがいに、とてつもない不安を抱き、それを乗り越えて、ようやく愛しい人と出会えたのだ。

さまざまなことがあったのに、コウには何ひとつ言葉にできない。今はただ、ふたたび会えた喜びに涙するばかりだった。

レイモンが待ち合わせ場所として、アスターホテルを指定したのは、ホテル内に日本領事館が設けられていたからだった。

そこでコウの旅券を発給してもらい、カールスバートに向かうつもりだったのだ。しかし天津の領事館では、旅券が出せないと言い渡された。

するとレイモンはコウを伴い、大連《だいれん》に向かった。

大連は遼東《りょうとう》半島の突端にある港町だ。渤海の湾口に、北東から南西へと半島が突き出して、黄海との区切りになっている。

遼東半島から朝鮮半島の北に広がる地域が満州で、かつてロシアが権益を持っていた。だが日露戦争の勝利によって、日本が一部の租借権を獲得し、以来、満州の南部は実質的な日本の領土になっていた。だからこそ日本国内と同じように役所があり、旅券発給が可能なはずだった。

しかし行ってみると、また壁が立ちふさがった。旅券発給は、満州に移住している日本人が対象だという。

役所の係官は高飛車に告げた。

「勝田コウさん、ヨーロッパ行きの旅券が欲しければ、函館に帰って申請しなさい。だいいち、あなたは親の許しを得ているんですか」

コウは答えられなかった。

その夜、大連の街で食事をしていると、たまたまフリードリッヒというドイツ人に出会った。

渤海湾の湾口には、遼東半島とは逆に、南西から北東へと延びる山東半島《さんとう》がある。かつて、そこはドイツが支配していた。

山東半島の中心地である青島《チンタオ》で、フリードリッヒは長年にわたって、ビール製造の指導に当たっていたという。

レイモンもドイツ系でハムやソーセージづくりが専門だと伝えると、青島に来ないかと誘われた。ビールに合うソーセージを作ってもらいたいという。

レイモンは、残念だが今はコウと一緒に故郷に帰って結婚式を挙げたいからと、誘いを断った。ただ、そのための旅券が手に入らないと打ち明けた。

すると中国に滞在して長いフリードリッヒは、親身になって相談に乗ってくれた。

レイモンはドイツ語で話した内容を、コウに英語で伝えてくれた。

――上海の日本領事館なら、旅券が取れるらしい――

するとフリードリッヒも英語に変えた。

――確実ではないけれど、天津や大連よりも可能性は高いと思う――

大連の役所や天津の領事館は、感覚が日本的で、融通が利かないという。

――だから親の許可だの何だのと、固いことを言うわけさ――

一方、満州から遠く南に離れた上海では、イギリスやフランスの租界の影響が強く、日本領事館の態度は柔軟だという。

――上海の日本領事館が旅券を発給しなければ、君たちは結婚できない。結婚は個人の自由意志であり、西洋の感覚では人権問題になる。その辺を突けば、きっと旅券は手に入ると思う――

レイモンは目を輝かせた。

――わかった。行ってみる。上海なら、ヨーロッパに向かう船も出ているし――

フリードリッヒは冗談めかして言った。

――上海でも駄目だったら、シルクロードだな――

コウが聞き返した。

――シルクロード？　砂漠の？――

――そうだ。ラクダに乗って行け。あそこなら昔から旅券など要らないぞ――

すると意外にもレイモンが話に乗った。

――ちょっといいな、日本の花嫁がシルクロードをラクダで旅するなんて――

さすがにコウは当惑した。

――砂漠は、ちょっと――

――それなら上海の領事館で頑張るんだな――

そう言ってフリードリッヒは、レイモンと顔を見合わせて笑った。

上海では、ふたりで総領事館に出向いて、旅券の発給を願い出た。

だが窓口の係官が首を横に振った。

「まだ結婚したわけではないのですね」

コウが答えた。

「まだです」

「ならば家族としての旅券は出せません」

それを英語で伝えると、レイモンは真剣な表情で食い下がった。

――どうか、総領事と話をさせてください――

――今日は総領事は出かけています――

――明日は？――

――明日の予定は、まだわかりません――

その日は、いったんホテルに引き上げ、翌日に出直した。だが、またもや会えず、さらに翌日も日参した。

係官は呆《あき》れ顔《がお》で言う。

――とにかく、いったん勝田コウさんは函館に帰って、結婚の届けを出しなさい――

それでも諦めずに押しかけ続けた結果、とうとう船津辰一郎《ふなつたついちろう》という総領事が会ってくれた。穏やかな印象の外交官だった。

レイモンが真剣に事情を話したが、船津は懐中時計を取り出して言った。

――もう閉館時間だし、今日、どうこうできる話ではないので、明日、連絡します。泊まっているホテルを教えてください――

翌日、ホテルで待っていると、突然、船津が部下を連れて部屋を訪ねてきた。そして、ふたりの荷物をあらためさせて欲しいという。

特に隠し立てする必要もなく、レイモンは自分の大型革鞄の中を、すべて広げて見せた。

船津はコウに聞いた。

「あなたの荷物は？」

ありのままに答えた。

「私は着の身着のままで家を出てきてしまったので、風呂敷包みひとつだけです」

すると船津が、コウだけを廊下に連れ出して小声で聞いた。

「あなたは、あの男に脅されて、連れてこられたわけではないのですか」

「脅されて？」

「日本から遠い外国に連れて行かれて、現地で売り飛ばされる娘さんが、時々いるので」

コウは船津が荷物をあらためた理由を察した。レイモンが銃でも持っているのではないかと疑ったらしい。

思わず笑い出した。

「脅されてなんかいません」

「でも、だまされているのかもしれないし」

コウは笑いを収めて答えた。

「あの人は、だますような人じゃありません」

そして船津と部屋に戻り、レイモンの手首をつかんで、分厚い手のひらを見せた。

「この手は、子供の頃から肉を混ぜ続けた結果、こうなったのです。これは彼の勤勉の証《あかし》です。真面目で誠実な人なんです。決して私をだますような人じゃありません」

懸命に訴えると、船津は英語で言った。

——ならば、こうしてはどうですか。今日、結婚届けを領事館に出して、夫婦になった上で旅券を申請すれば。私が結婚の立会人になりますよ——

だがレイモンが遠慮がちに首を横に振った。

——ありがたい話ですが、私はクリスチャンなので、本当は函館の教会で結婚したかったのです。でも、それがかなわなかったので、私の故郷の教会でと思っています。神の前で誓いを立てたいのです——

コウも、わずかな荷物の中から、レースのヴェールを取り出して広げてみせた。

連絡船に乗る前に転んで汚してしまったかと案じたが、足袋や肌着が水を吸っただけで、ヴェールは無事だった。

——これは、この人にもらった大切なヴェールです。これをかぶって、私は、この人に嫁ぐと約束したのです。だから結婚は教会でなければならないのです——

すると船津は、ようやく納得してくれた。そして背広の内ポケットから、一枚の厚手の紙を取り出した。

洋風の唐草模様の縁取りがあり、二箇所に重厚な朱印が押してあった。「日本帝国海外旅券」という大きな文字と本文とが、すでに印刷されている。

総領事は、もういちど内ポケットを探って万年筆を取り出すと、紙面の右下に「勝田コウ」と書き入れた。

「住所は、いちおう函館にしておきましょう」

そうして旅券が完成した。

コウは胸を高鳴らせて受け取った。

「コウさん、きっと幸せになってください」

総領事は少し冗談めかして続けた。

「そうでなければ、私の責任問題になってしまうし」

コウは深くうなずいた。

「かならず幸せになります。このご恩は一生、忘れません」

異邦人

カールスバートは三方の背後に山を背負う、美しい谷間《たにあい》の街だった。街にはエルベ川の支流が流れ、そこに温泉が流れ込む。

高台から見下ろす街並みは、クリーム色の外壁に、赤か灰色の屋根が連なる。街なかの川沿いには、石造りの四、五階建てが並び、それぞれの外壁がピンクや水色など、淡い色合いに塗り分けられている。

由緒ある美しいホテルもあり、ヨーロッパ各地の貴族はもちろん、ゲーテやベートーベンなどの文化人も滞在したという。

街なかでは飲泉が盛んで、あちこちにコロナーダと呼ぶ源泉の湧き出し口が設けられている。それぞれ凝った意匠で、東屋《あずまや》風に美しい屋根がかけられたり、彫刻された石柱から湧き出す仕掛けもある。

湯治客たちは街でボヘミアガラスや陶器製のカップを買い求め、それを手に、あちこちのコロナーダを訪ね歩く。そのカップもまた世界に冠たる名産品だ。

コウは、そんな街で、レイモンの母に温かく迎えられた。

そして聖マグダラのマリア教会という、バロック様式の荘厳な教会で、まず洗礼を受けた。クリスチャンネームはマリアという名前を授かった。

それから街中に鐘の音を響かせて、華やかに結婚式を挙げた。とうとう、あの総レースのヴェールを用いることができたのだ。

レイモンは街外れに家を借りて、住まいと工房にし、街なかには小さな店舗を借りた。そして食肉加工の修業に出ていた弟のハンスを呼び戻し、開店準備に入った。

一方、コウは外国人向けのドイツ語学校に通った。注文を受ける際に必要な数字や、商品の説明、店や作り手であるレイモンの紹介、コウの自己紹介など、とりあえず客に聞かれて困らないように、片端から言葉を頭にたたき込んだ。

開店前にはチラシを作り、ホテルや保養所に置いてもらった。さらに開店直前になると、コウは試食品を携えて、あちこちのコロナーダ前に立ち、飲泉の客たちに呼び込みをした。

着物姿のコウは、国際的なリゾート地でも目立ち、どこから来たのかとたずねられた。そこで習いたてのドイツ語で答えた。

――私は日本人ですが、夫はドイツ人で、本物のハムやソーセージを作っています。私は、その真面目な姿勢に惹かれて、はるばる遠い国からやって来ました――

すると誰もが興味を持ち、試作品に手を伸ばしてくれた。

英語で「美味しい」は「デリシャス」、ドイツ語で「レッカー」、フランス語で「セボン」、イタリア語で「ボーノ」。そのどれかを聞くと、コウは各国語で書かれたチラシを差し出した。

――ハムやソーセージは、ビーフステーキやポークソテーよりも、口当たりが柔らかく、体調を崩した方の滋養にも最適です――

温泉の長期滞在者は病気療養も多く、そんな客もねらった。

元気な客たちも、常に健康管理に気を配り、体格もいい。日本人にはない意識だ。むしろ日本では蒲柳《ほりゅう》の質《しつ》などといって、弱々しいことが上流階級の証であるかのように錯覚している。コウは日本人には、健康や食に関する意識改革が必要だと感じた。

住まいと工房の家主は、ユダヤ人一家だった。ある日、別のユダヤ人が家主に怒鳴り込んできた。

――なぜ、豚肉を扱うドイツ人なんかに、家を貸すのだッ。今すぐ追い出せッ――

ユダヤ人は戒律によって豚肉を食べない。だが家主はレイモンの仕事に抵抗はなく、あっけなく突っぱねた。

——うちの持ち家を誰に貸そうと、あんたには関係ない——

開店の朝を迎えると、店の前には大行列ができた。コウは客商売なら勝田旅館で経験済みだ。義母とハンスと三人で商品を売りまくり、たちまち品切れになった。

その日のうちに味は評判になり、連日、客が詰めかけた。レイモンはせっせと商品を作り、ハンスが自転車で運んだ。

ただしレイモンは驚くほどやきもち焼きで、ハンスと一対一で話すのさえ嫌う。そのため、たがいに気を使って距離を置いた。

繁盛するかたわら、店の前で指をくわえて見ている子供たちもいた。世界大戦の戦災孤児たちだ。

コウは残り物でも恵んでやりたかったが、そもそも残り物が出ない。帰りがけに、幼い少女に袖をつかまれ、振りほどくことができず、ずいぶん長く並んで歩いた。何ももらえないとわかって、小さな背中を向けて帰っていく姿が痛々しかった。

その話をレイモンにすると、腹立たしげに言った。

——あの世界大戦がなければ、みんな幸せに暮らせたんだ。戦争は悪だ——

戦場の悲惨さを、実際に体験しているからこその言葉だった。

ある日、いつも通り早々と売り切れになり、コウがひとりで店の片づけをしていると、入ってきた客が日本語を発した。

「コンニチワ」

振り返ってみると上品な青年だった。レイモンと同年代で、少しアジア系の面影がある。こんなところで日本語を聞こうとは、夢にも思わずに聞き返した。

「日本語が話せるのですか」

すると相手は人差し指と親指で、わずかな隙間を作って見せた。

「スコシ」

そして、たどたどしい日本語で名乗った。

「ワタシハ、リヒャルト・クーデンホーフ・カレルギーデス。母ハ日本人デス」

コウは驚いた。クーデンホーフと言えばボヘミアの貴族であり、かつて光子という日本女性が嫁いだことで知られる名家だ。その息子だという。

リヒャルトはポケットから手紙を取り出して見せた。レイモンの自筆の手紙だ。ドイツ語で説明されたが、話が複雑でわからない。

とにかくレイモンに会わせなければと、片づけを後まわしにして、住まいに案内した。

レイモンはリヒャルトとは初対面にもかかわらず、大喜びで迎え、十年来の親友だったかのように、すぐに意気投合した。

そしてドイツ語の会話を、かいつまんでコウに伝えた。

――彼はヨーロッパ統一を目指す活動家だ。今、本を出版する準備に当たっているそうだ。僕は彼の思想を伝え聞いて共感し、手紙を出したのだ。そうしたら会いに来てくれたというわけだ――


たがいに日本人の母と、日本人の妻を持っていることにも共鳴したという。

それからリヒャルトはレイモンとふたりで、長く話し込んでから帰っていった。

その日からレイモンの様子が少し変わった。食事のたびに、ヨーロッパ統一の理想を熱く語る。夜は遅くまで何か書きものをしていた。

時には昼間、仕事をハンスに任せて、どこかに出かけることもあった。あれほどコウがハンスに近づくのを嫌ったのに、ふたりだけで置いていってしまう。仕事にも集中していない様子だった。

しばらくすると、それまで書いていた紙束を、コウに見せた。

――完成した。講演会の原稿だ――

――講演会？――

――ヨーロッパ統一について、みんなに聞いてもらうんだ。ヨーロッパは統一しない限り、戦争はなくならない――

カールスバートの街なかで、もう講演会場を押さえてあるという。

レイモンは行動的な男だ。だからこそ故郷を出て北欧やアメリカ、はては日本、中国にまで出かけた。

それに以前からヨーロッパ統一を夢見ていたのは、コウも知っていた。しかし結婚早々、こんな方向に進んでいこうとは、戸惑いが先に立つ。

それでも講演会は夜だから、仕事に差し障りはないという。

当日は大勢が聞きに来てくれた。ドイツ語の講演で、コウには理解できなかったが、来場者の反応は上々だった。世界中をまわった経験も語り、説得力があったらしい。

するとレイモンはベルリンやプラハまで、講演旅行に行きたいと言い出した。リヒャルト・クーデンホーフ・カレルギーのほかにも、各地に同志がいて連絡を取り合っているという。

さすがにコウは反対した。

――お店は、どうするんですか――

――店の品物は、ハンスが作るから、僕が留守をしても大丈夫だ――

レイモンはコウにすら、工房での作業を見せない。弟だからといって、そんな技術を容易に教えるとは信じがたい。だいいちハンスが、こんな短期間に習得できたとも思えない。

――でも、でも、旅費は、どうするんですか――

――ここしばらくで、だいぶ儲《もう》けが出たから、それを使えばいい――

——でも、うちだって、いずれ子供は欲しいし、そのためにお金を貯めなくちゃ——

——いや、子供は、まだまだ先でいい。戦争が起きる可能性のある世の中では、子供は持ちたくないんだ——

コウは驚いた。夫が子供を欲しがっていないことは、薄々感じてはいたが、世の中が変わるまで子供を持つつもりがないとは。

レイモンは大きな身振りで語る。

——君だって知っているだろう。ハムもソーセージも食べられない子供がいることを。僕は、そういう社会を放っておけないんだ——

もともと金持ちになりたがる男ではない。金が手に入ると、それを信念のために手放してしまう。

そんなところを愛したのは事実だが、コウは誰かに相談したかった。しかし、こんな込み入った話ができるほど、ドイツ語ができない。

義母は心配そうだが、ハンスは店を任されるのが、むしろ嬉しそうだった。

結局、レイモンは、開店以来の儲けを手にして、単身で出かけていった。ベルリンやプラハでの結果次第で、さらに足を延ばすかもしれないという。もはやヨーロッパ中を駆けめぐる勢いだった。

たちまち店の客足は衰えた。開店早々の物珍しさが落ち着いただけでなく、味が落ちたと、あからさまに批判する客も現れた。やはりハンスひとりでは無理だったのだ。コウが早く帰ってきて欲しいと祈りながら待っていると、意外にもレイモンは、わずか半月で帰ってきた。

しかも不機嫌で、疲れ切った様子だ。うまくいかなかったことは明らかだった。

——駄目だ。どこでも誰でも愛国心のかたまりで、自分の国のことしか考えていない。国を超えて、ヨーロッパとしてまとまろうなんて、とんでもないと背中を向けられてしまうんだ——

コウは心が痛かった。夫が早く帰ってきてくれたのはありがたいが、あれほど熱意を持って挑んだことが、あっけなく失敗に終わったのが哀れだった。

その後、レイモンはふさぎがちになった。ハンスの話によると、作業にも熱が入らないらしい。

——もっと一生懸命、働きましょうよ。また、お店の前に行列ができるように——

コウは励ましたが、レイモンは力なく首を振る。こんなことで仕事を放棄してしまうような人だったのかと、愕然《がくぜん》とする。もっと勤勉な人だと信じていたのに。

函館から会いたい一心で、天津まで突っ走ってきたのに、こんな結果が待っていようとは、落胆するばかりだ。

しだいにコウは孤独感を深めていった。店が繁盛していた時には、ドイツ語が通じるのが楽しかった。でも深刻な話になると、家族の会話についていかれない。

函館にいた頃、イギリス人同士、あるいはアメリカ人同士の英語には、入っていかれなかった。その国ならではの常識や言いまわし、流行の冗談など、幅広い知識がなければ、母国語同士の会話は理解できない。

コウがレイモンと心を通じ合えたのは、双方、英語が母国語ではなかったからだ。たがいに易しい単語しか使わないし、早口でしゃべることもない。

だからコウが、義母やハンスとドイツ語で心置きなくしゃべるなど、永遠に無理に思えた。

里心がついて、ついレイモンに聞いた。

――私が元気にしてるってことを、函館の祖母に手紙で知らせてもいい？――

すると意外なことに、レイモンは快諾した。

――もちろんだ。もっと早く知らせればよかったのに。きっと心配しているよ――

コウは白々しい気がした。函館の家で心配していることなど、前々からわかり切っていることだ。ただコウとしては振り返らないつもりで、決して口にしなかったのだ。

カールスバートから勝田旅館の勝田チサ宛に、初めて手紙をしたためた。レイモンの故郷の街で、食肉加工と販売の店を開き、客が押し寄せていると綴《つづ》った。レイモンの母親も弟も親切で、幸せに暮らしていると書いた。

半分は事実だが、半分は嘘だった。

嘘を書いていると思うと、涙がこぼれた。家を出る時も、風邪を引いたからと、祖母に嘘をついて、洋食堂から自室に戻ったのだ。

そして、また嘘をついている。本当は幸せなんかじゃない。本当は寂しくてたまらない。本当は函館に帰りたい。帰れるはずのない函館に。

でも、その気持ちは書けない。幸せだと伝えることが、せめてもの祖母への気遣いだ。とにかく祖母には安心してもらいたかった。

その一方で、この手紙がもたらす結果が怖かった。今さら函館から連れ戻しに来るとは思えないが、もしも帰ってこいと返事が来たら、コウは拒みきれる自信がない。

離婚という言葉が頭をよぎる。カトリックは離婚できないが、そうなれば棄教するしかない。この手紙によって、もしかしたら離婚への一歩を踏み出しそうで、投函をためらった。

「いいえ、こんなことで離婚なんか、しやしない。あれほどの思いで、家を出てきたんだから」

コウは自分自身に言い聞かせ、横長の封筒に手紙を収めて、翌朝、郵便局に持っていった。国際郵便の切手を貼って出す際に、もういちど宛名を見た。

「チサ・カツタ」

アルファベットで書いた祖母の名前に、また涙がこぼれた。心もとない一通であり、どんな結果を招くかわからない。それでも、これが自分と祖母をつなぐ、たったひとつの絆《きずな》だった。

無事に祖母の手に届くよう祈りつつ、コウは封書を郵便局に預けた。

その後も家族の雰囲気は沈んだままだった。商売も先細りで、コウはホテルや病院に売り込みに行こうと提案した。

レイモンは気乗りしない様子だった。しかし義母が賛成し、ハンスを連れて営業に行き、なんとか定期的に買い上げてもらえることになった。おかげで最低限の収入は確保できた。

それでもレイモンの気力は回復しない。よほど講演旅行の失敗が痛手だったらしい。

コウは夫が上昇志向の人なのだと気づいた。カールスバートで容易に成功してしまったからこそ、気持ちがほかに向いたのだ。

ならば、どうしたらいいのか。今はヨーロッパ統一など、誰にも見向きもされない。高みを目指すにしても、その目標が見えなかった。

そんなある日、庭先の郵便受けに、縦長の封書が入っていた。日本の封筒の形だ。

コウはふるえる手を、郵便受けに差し入れて取り出した。

日本の切手が貼られている。文字は筆記体のアルファベットだが、宛名は「ミセス・

コウ・レイモン」、差出人は「チサ・カッタ」だった。

喜びと恐れが同時に襲い来る。祖母が返事をくれたのは、心がふるえるほどうれしいが、何が書いてあるのかが怖かった。

胸の鼓動を抑えながら、家に戻り、ペーパーナイフを封の隙間に差し入れて、ていねいに切り開いた。

中から便箋を引き出した。懐かしい祖母の書き文字が、目に飛び込んでくる。急いで冒頭から文面を目で追った。

コウからの手紙を受け取って、何よりうれしかったという。幸せに暮らしていると知って、本当に安心したと書かれていた。

それから家族の近況や、勝田旅館の様子が簡単につづられており、最後は、こう締めくくられていた。

「いつでも帰っておいで」

コウは涙があふれた。

里帰りしておいでという意味なのか。それともつらいことがあったら、我慢せずに帰ってこいという意味なのか。

どれほど心配をかけたのか、今となっては心が痛いばかりだ。それでも怒っていないという祖母の優しさが胸にしみる。

コウは、ふと思った。もしかしたら何もかも、わかっているのではないか。こちらから出した手紙の半分は、嘘だということを。

「いつでも帰っておいで」

コウは何度も何度も、その一行を読み返した。

そしてレイモンに見せて、内容を訳して聞かせた。レイモンは聞き終えると、目を伏せて言った。

――よかったな。本当によかった。でも、もっと早く知らせて、もっと早く安心してもらえばよかった――

その後、ようやくレイモンの気持ちが、仕事に向き直った。すると客足も戻り、以前の大行列とまではいかなくても、暮らしは安定した。

そして函館出奔から一年数ヶ月が過ぎた秋のことだった。レイモンが新聞を手に、青ざめた顔で告げた。

――日本で巨大な地震があったらしい。首都は壊滅的な打撃を受けたそうだ――

コウは夫にすがりつかんばかりに聞いた。

――北海道は？　北海道のことは書いてない？――

レイモンは首を横に振った。

コウは衝撃で立ち尽くした。こんな遠くにまで報じられるとなると、並大抵の地震ではない。まして東京が壊滅的とは。

レイモンは新聞をたたみながら言う。

――新聞社に知り合いがいるから、ちょっと聞いてくる――

カールスバートの新聞社に走っていった。

そして戻ってくるなり、コウに言った。

――被害は甚大らしい。ただ日本では今度の地震を「カントーダイシンサイ」と呼び始めているらしい。首都圏周辺の大地震という意味だそうだ――

コウは少し安堵した。名称自体が関東大震災と限定されているのなら、北海道は無事かもしれなかった。ただし大津波でも発生したら、勝田旅館は海岸沿いだけに、ひとたまりもない。

レイモンは連日、新聞社に聞き合わせてくれて、数日後には北海道は無事だったと判明した。

それから、またしばらくして、夕食の時にレイモンが真剣な眼差《まなざ》しで聞いた。

――コウ、函館に帰るかい？――

コウはフォークとナイフを止めずに答えた。

――心配してくれて、ありがとう。でも旅費がもったいないし。今度の地震でも被害はなかったみたいだし、様子見に行かなくても大丈夫よ――

――いや、一時帰国という意味じゃなくて――

――どういう意味？――

思わず手が止まった。

――私、函館に帰る気なんかないわよ――

商売も軌道に乗ったし、望郷の念は前ほど強くはない。今さら自分ひとりが函館に帰る意味などない。ついとがめるような口調になった。

――あなた、私に何か不満なの？――

――いや、不満などない――

――じゃあ、なぜ帰れなんて――

――ひとりで帰れとは言っていない。僕も一緒だ――

コウは、いよいよ意味がわからなくなった。あれほど不義理をした函館に、夫婦で戻るなど考えたこともない。まして一時帰国ではないというのだ。

信じがたい思いながら聞いた。

――夫婦で函館で暮らすっていうこと？――

――そうだ。僕は君と結婚すると決めた時から、そのつもりだったし。北海道に、ちゃんとした畜産や酪農を広めたいんだ――

——ちゃんとした畜産や酪農って？——

——米や麦を作るだけでなくて、牛や豚や羊を飼って、豊かな農業を実現するんだ。北海道をスイスみたいにしたいんだよ。日本人の食生活も変えて、体格も向上させたいんだ——

そういえばレイモンは、結婚を申し込んだ日に、こう言ったのだ。

——しばらくは日魯漁業の仕事を続けて、いずれはハムやソーセージの店を出す。それから北海道の酪農に貢献したいんだ——

あの時、コウは舞い上がってしまい、ただ自分の両親を安心させるために、レイモンは函館で暮らすことにしたのだと思っていた。でも、それだけでなく、あの頃から大きな夢を抱いていたのだ。

——でも、そんなこと実現できるの？——

ヨーロッパ統一活動の時のように、また空まわりしそうで怖かった。

妻の不安に気づいて、レイモンが言った。

——ヨーロッパ統一は大事なことではあるけれど、時流に逆行していた。あまりに賛同者が少なすぎる。でも北海道の畜産や酪農は、日本人の食生活や体格の改善に役立つし、かならず理解を得られる——

コウ自身、日本人の食生活は改善が必要だと感じている。レイモンは、あえて気軽な口調に変えた。

——もしも、また時流に逆らうようなら、ソーセージを作って時期を待てばいい。誰だって美味しいものは好きだ。きっと上手くいくさ。それに——

そしてコウの手を取って、ふたたび口調を改めた。

——実は君が寂しげなのが、ずっと気になっているんだ。僕も、あちこちの国に行ったからわかるけれど、母国語じゃない言葉には、ずっと違和感がつきまとう。込み入った話ができないのはつらいだろう——

——でも函館で暮らしたら、今度は、あなたが同じ苦労をするわ——

——そんなことは平気だ。どこの国でも片言でも、僕はよくしゃべるし——

確かにレイモンは気軽に人に話しかける。それに比べて、コウは生真面目で、口まで出かかったドイツ語を、間違ってはいまいかと、つい呑み込んでしまうことがある。

——君が異邦人でいるよりも、僕が異邦人でいる方が、僕たちは、上手くいくと思うよ——

レイモンは理想を求めるだけではなく、やはり妻のことを思ってくれている。優しい人だった。

ドイツ軍艦

「どうぞ、食べてみてください。美味しいですよ」

コウは函館駅前に行き交う人々に向かって、ハムとソーセージの小片が、たくさん載った皿を差し出す。

ソフト帽に背広姿の男が興味を示した。

「なんだい？　これは」

ハムのかけらを、ひとつ摘んで口に運ぼうとした。

「こっちがハムで、こっちがソーセージです。西洋では、よく食べるものです」

男は不審顔で手を止めた。

「もしかして獣の肉か？」

「豚肉です」

とたんに渋面に変わった。

「豚？　そんなもの、食えるか」

持っていたかけらを、乱暴に投げ捨てた。そしてポケットからチリ紙を出して、いかにも気味悪そうに指先を拭い、そのチリ紙も道端に放り出した。

「おお、くわばらくわばら。とんでもないものを触ったもんだ」

そう言って、指先の匂いをかぎながら立ち去っていく。

コウはしゃがんで、泥で汚れたチリ紙とハムのかけらを拾い、そっと袖口に差し入れた。夫が丹誠こめて作った品物が、そんなふうに扱われるのが哀しかった。

あれからレイモンは、カールスバートの店をハンスに譲り、コウを伴って、まずアメリカに渡った。

函館での開店資金のために、以前に働いていたシカゴのアーマー商会で働いたのだ。ふたりは暮らしを切り詰めて、わずか十ヶ月で三千ドルを貯めた。

そして夫婦でアメリカ西海岸まで至り、サンフランシスコでソーセージづくりに必要な器具を二点、買い揃《そろ》えた。

ひとつはチョッパーといって、塊肉を細かくして、ひき肉に加工する道具だった。

もうひとつは缶詰の巻締機だ。食品を詰めた缶に蓋を載せ、レバーをひいて圧力をかける。すると丸い蓋の端が、缶の口に沿って内側に小さく巻き込まれて、密閉される仕掛けだった。

どちらも鉄製で、台を含めて腰ほどまでの高さがあり、真っ赤なペンキが塗られている。

コウはペンキの肌に触れてつぶやいた。

――なんだか、愛しい気がする――

レイモンも満足そうに言う。

――そうだな。これが僕たちの暮らしを支えて、ひいては日本人の食生活も変えてくれるんだ――

夫婦はチョッパーと巻締機を携えて、横浜行きの汽船に乗り込んだ。

コウはシカゴで暮らしていた時も、横浜への船中でも、レイモンに日本語を教えた。

一方、レイモンは船内で「食料の自給体制」という提言書を、英文で書いた。

北海道の冷涼な気候は稲作に向かない。その代わり家畜を飼うには最適だ。そこで酪農、畜産、食肉加工を、北海道の新しい産業として大規模に展開し、それによって多くの人口を養うという計画だった。

書き上げたものを、コウが日本語に清書し、すぐにでも北海道庁に提出できるように準備した。とうてい個人では不可能な計画であり、どうしても役所を動かす必要があった。

そして大正十四年十一月、三年九ヶ月ぶりに、コウは帰国を果たしたのだ。チサは涙で迎え、両親もふたりの仲を認めた。

勝田旅館は、その前年に火事で全焼し、土地も人手に渡っていた。そんな苦しい時期ではあったものの、チサは、ふたりのために結婚式を挙げてくれた。

コウは丸髷に、大波と松の裾模様の振り袖姿。レイモンは膝丈のフロックコートだ。サテン地のテーラーカラーに、小さめの蝶《ちょう》ネクタイという襟元が、甘い顔立ちに、よく似合った。

式の後、コウは店舗と作業場探しに奔走し、函館駅前の若松町に手頃な物件を見つけた。一、二階とも洋風の建物で、一階が弁当屋だった。その一角に小さな店を開いた。

二階は、チョッパーと巻締機を据えて工房に仕立て、一部を住まいにした。

燻煙器《くんえんき》は工務店に特注した。トタン板製の大きな箱で、中にハムやソーセージを吊《つ》るす鉄製の簀子棚《すのこだな》が入る。一番下は耐火レンガで囲って、煙で燻《いぶ》す仕掛けだった。

レイモンが絵を描きながら、片言の日本語で説明しただけで、造船所の仕事をしている職人たちは、注文通りに作ってくれた。

店は欧米人にもわかるように、何枚も巨大な看板を掲げた。二階の屋根上に「HAM AND SAUSAGE」と大書した横長の看板を載せ、二階の窓の下には「CARL RAYMON」、その隣に日本語で「レイモン　ハム・ソーセージ缶詰販売所」と並べた。

一階のガラス戸の脇にも「レイモン　ハム・ソーセージ缶詰販売所」という大型表札のような縦看板も下げた。

さらに函館郊外の農家を訪ねて、豚肉の仕入先を確保した。以前、勝田旅館で世話になっていた農家で、新鮮な豚肉を提供してもらえることになった。

スパイス類は乾燥したものを、またソーセージの皮として使う羊腸は塩漬けを、サンフランシスコで仕入れてきた。

レイモンは、せっせとソーセージを作った。それをコウが缶に詰めてスープを満たし、レイモンが巻締機で密閉した。

缶詰は、青函連絡船から降りて道内各地に散っていく人たちに、函館土産として買ってもらうつもりだった。だからこそ函館駅前に店をかまえたのだ。

充分な量の缶詰が準備でき、さらに缶に詰めないハムやソーセージも完成した。店の経理と仕入れ、それに販売がコウの担当だった。

準備万端整ったのは、大正十五年の春のことだった。コウもレイモンも大張り切りで店開きに至った。

開店早々は勝田旅館の得意先や、女学校時代の友人たち、各国公使館の調理人などが、こぞって買いに来てくれた。

夕方まで店の賑わいは続き、すべての商品が完売した。

コウは夢心地だった。これならカールスバートの店のように、上手くいきそうな気がした。ただし、あの時は、トントン拍子にいき過ぎて、レイモンの気持ちがヨーロッパ統一に向かってしまった。

でも今度は、北海道の畜産と酪農という課題があり、それはハムやソーセージの生産と直結している。今度こそ大丈夫だと、コウは自分自身に言い聞かせた。

それどころか、もしも爆発的に売れたら、勝田旅館を再建したいという夢を抱いた。今は家族が、あちこちに離散しているが、また一緒に暮らせるようにしたかった。

だが知り合いの購入が一段落すると、客足は遠のいた。カールスバートの時には、食べて美味しいと思った客が、何度でも買いに来てくれたが、それがないのだ。

コウは造船所近くの坂を登り、函館病院まで売り込みに行った。幕末から蘭学の治療院として続く、由緒ある病院だ。

院長は品物の説明に理解を示し、入院患者用の食材として、まとまった量を買ってくれた。

しかし後が続かない。もういちど行ってみると、調理師が申し訳なさそうに言う。

「どうしても患者たちが手をつけないんです。先生が薬だと思って食べなさいと言っても、気味悪がって駄目なんですよ」

コウは子供の頃から、豚肉や牛肉を口にして育ち、まったく抵抗はない。だが、それは家が外国人も泊まる旅館だったからだと思い知った。

そこで駅前での試食を始めたのだった。

気を取り直して、また道行く人に皿を差し出す。

「どうぞ、食べてみてください。美味しいですよ」

カールスバートでは「デリシャス」、「レッカー」、「セボン」、「ボーノ」と、各国語で「美味しい」という感想が聞けた。

だが、ここでは誰も手もつけようとせずに、コウの目の前から去っていく。食べてみてくれなければ、美味しさが実感できない。もはやお手上げ状態だった。

その時、背後から甲高い声がした。

「おかあちゃん、あれ買ってくれよ。美味いんだからさァ」

振り返ってみると、ときどき試食していく少年たちのひとりだった。

しばらく前に、遊び仲間たちと通りかかった時に、コウが勧めたのが最初だった。

「坊やたち、これを食べてごらん。美味しいから」

誰もが興味深げに皿を覗き込んだものの、案の定、気味悪そうな顔をする。そこでコウがひとつ食べて、笑顔を見せた。

すると少年たちは次々と手を伸ばし、あっという間に皿が空になったのだ。名残惜しげに指先までなめてしまう。

コウは店を指さして言った。

「あそこのお店で売っているから、今度、お父さんやお母さんと一緒に、買いに来てね」

「きっと行くよ」

少年たちは元気に約束していった。

その中のひとりが、たまたま母親と一緒に通りかかったらしい。

「おかあちゃん、これだよ、これ」

少年はコウに駆け寄って、皿から欠片《かけら》をつかんで、いきなり口に入れた。もぐもぐと口を動かしながら、後ろから来る母親を振り返って訴える。

「これ、買ってくれよ。あそこの店で売ってるんだって」

着物姿の母親が、ようやく追いついてきたが、皿の上を見るなり顔色を変えた。

「これ、獣の肉なんでないかい？」

コウは胸を張って答えた。

「豚肉ですけれど、西洋では普通に食べています。お子さんの体格もよくなりますし、なにより丈夫になります」

少年は口の中のものを呑み込んでしまい、また皿に手を伸ばした。だが間髪をいれずに、母親が息子の手をはたいた。

「そんなもの、食べるんじゃないよッ」

少年の手から欠片が地面に落ちた。とたんに母親に食ってかかった。

「何すんだよッ。もったいないべさッ」

落ちたものを拾おうとする。だが手が届く直前に、母親が草履で踏み潰した。

「もう行くよッ」

そして少年の腕を、力いっぱい引っ張った。

「早く、おいでったらッ」

少年は半泣きになりながらも、母親に引きずられていく。

地面には泥にまみれた肉片が散らばっている。コウは袂《たもと》から、さっきの男が捨てていったチリ紙を取り出して、欠片を拾って包んだ。

さすがに、もう試食を勧める気力はなかった。チリ紙を片手で握りしめ、連絡船の引き込み線路沿いに、海岸へと向かった。

肩を落として歩いていると、カモメが足元に舞い降りてきた。コウはチリ紙をはたいて、泥にまみれた欠片を撒《ま》いた。

カモメは急いでくちばしでつつく。ほかのカモメも気づいて、次々と降りてくる。

コウは岸壁に出た。この時間、連絡船は桟橋にはいない。その代わり、目の前の港には、おびただしい数の漁船が浮かんでいた。

どの船も派手な大漁旗を、甲板いっぱいに掲げている。これから北洋に出航する船団だ。

ひときわ大きな船が沖で錨《いかり》を下ろしている。船内に巨大な調理器具と、缶詰の巻締機を備えた母船だ。周囲の漁船が鮭鱒《ます》や蟹《かに》を捕り、それを母船で調理して缶詰にするのだ。いったん出航すれば、北の海に留《とど》まって操業し、何ヶ月も帰ってこない。だから大門《だいもん》と呼ぶ歓楽街では、今朝までの連日連夜、船乗りたちのどんちゃん騒ぎが続いていた。

今も北洋漁船用の桟橋には、見送りの家族が鈴なりだ。いかにもカフェーの女給らしき女たちの姿も交じる。

以前、コウが着ていたような秩父銘仙の派手な着物姿だ。あの頃は函館では見かけなかったが、この数年で、すっかり流行が広まった。

彼女たちは、馴染《なじ》みの船乗りに向かってハンカチを振り、しきりに別れを惜しんでいる。

この船団が出航していくと、また、どこからともなく母船と無数の漁船が港に集まってきて、数日後には出航になる。そして同じ別れの場面が繰り返される。

秋には船団が大漁旗をはためかせて、意気揚々と帰ってくる。母船は、完成した缶詰を満載しており、出航の時よりも、はるかに喫水線が下がっている。

そして大門辺りで、どんちゃん騒ぎが始まるのだ。もはや春秋の函館の風物詩だった。相変わらず造船業も好調だし、ずっと函館中が好景気に沸き続けている。

コウの口から、つい愚痴が出る。

「なのに、なんで、うちだけ」

皿に残っていた欠片を、口に放り込んだ。かみしめると、脂の旨味が口の奥に染み渡る。

「こんなに美味しいのに、なんで食べないのかな」

美味しければ美味しいほど腹立たしい。

北洋の仕事は厳しいと聞く。体を壊して帰ってくる者も少なくない。

「うちのソーセージの缶詰、持っていって食べたら、みんな元気に帰ってこられるのにね」

かつてのレイモンの職場だった日魯漁業にも、売り込みに行ったことがあるが、まったく相手にされなかった。

「うちは魚の缶詰屋だ。何が哀しくて、肉の缶詰なんか食わなきゃならんのだ」

かつてコウが日魯の社員との見合いに背を向けたことや、レイモンが急に仕事を辞めざるを得なかったことが、尾を引いていた。

コウは、もうひと欠片を口に放り込むと、自分を奮い立たせるように言った。

「残りは料理に混ぜて、晩のおかずにするか」

そして店に帰ろうと振り向くなり、ぎょっとした。そこにチサが立っていたのだ。

「おばあちゃん、おどかさないでよ。いつから、そこにいたのよ」

勝田旅館がなくなっても、チサの身だしなみのよさは変わらない。

「たった今だよ。あんたが海を見てるから、身投げでもするのかと思って、今、声をかけようとしたところ」

コウは苦笑した。

「身投げなんか、するもんですか」

「それならいいけどさ」

チサは皿を目で示す。

「でも売れないんだろう」

「売れないどころか、試食もしてもらえない。なんで、あんなに頑固なのかな。子供たちは美味しいって食べてくれるのに」

「それなら、その子供たちが大人になるのを待つんだね。そしたら大売れだよ」

「そんな時まで待ってたら、うちは干上がっちゃう」

勝田旅館再建など夢のまた夢で、ただただ溜息が出る。

チサは店の方向を見た。

「で、レイモンさんは元気かい？」

「元気よ。ハムとソーセージ作ってる」

「例の提言書は、どうした？」

「それも進展なし」

「食料の自給体制」は、函館に帰って間もなく、夫婦で札幌まで足を運び、道庁に持っていった。

するとと佐藤退三という畜産課長が対応に出てきたが、提言書を一読するなり言い放った。

「なぜ規模を大きくする必要があるのですか。北海道の畜産は、農家が畑仕事のかたわらに、数頭の豚や羊を飼えば充分です。だいいちハムやソーセージなど、誰も食べませんよ」

コウが訳して伝えると、レイモンは佐藤の足元を指さした。

――日本人の多くは下駄を履いていますが、あなたは靴を履いていますね。靴の方が安全だし、冬も寒くないからでしょう。酪農や畜産を発展させていけば、毛皮も得られます。冬を暖かく過ごせるのです。ハムやソーセージも、あなたの靴と同じように、日本人の暮らしに欠かせないものになります――

だが佐藤は冷ややかに反論した。

「日本人は下駄があれば充分。寒ければ重ね着をすればすむ。毛皮も必要ありません」

けんもほろろに追い返されてしまった。

それでもレイモンは諦めない。役人に具体例を示すために、自分で模範農場を開こうと考え始めた。酪農、畜産、食肉加工が一箇所でできる農場だ。

しかし、そのためには、まず商売を軌道に乗せて、貯金しなければならない。何もかもが、そこからだった。

チサは深い溜息をついた。

「お役所が、その気になってくれたら、ハムもソーセージも売れるようになるだろうにね」

「うちの人も、そう言ってる」

「悪いね。勝田旅館が健在だったら、毎日だって、あんたの店から仕入れてやれたのに」

確かにコウには、それが痛手だった。

函館は風の強い街だ。ひとたび火事が起きると、風にあおられて広範囲に燃え広がってしまう。明治維新以降、千戸、二千戸はもとより、九千戸近くが燃えた大火事もあった。

勝田旅館は煙突の不備から出火し、九十九戸が延焼した。そのために今でもチサは、巻き添えになった家々に、頭を下げ続けている。

「私は、おばあちゃんこそ、身投げでもしやしないかって、心配してるけど」

今度はチサが苦笑する番だった。

「身投げなんかするもんかね」

海に目を向けて言う。

「うちも大変には大変だけど、大変だ、大変だって言ってても、楽にはならないしね。できるだけ気楽な顔をしてるんだよ」

そしてコウの皿から、ソーセージの欠片をつまんで口に入れた。まだまだ丈夫な歯でかみしめて、ふいに言った。

「いっそ東京や横浜に売りに行ったら、どうなんだい？」

「東京へ？」

「日本でソーセージやハムを作ろうなんて酔狂なドイツ人は、レイモンさんのほかにいやしないだろうよ。帝国ホテルくらいの一流どころに持っていけば、本物の味をわかってもらえるかもしれないよ」

「なるほど、帝国ホテルか」

「なんだったら東京までの往復の汽車賃くらい、おばあちゃんが出してやるよ。まだ、そのくらいの小金は、なんとかなるし」

コウは慌てて遠慮した。

「大丈夫。うちだって、まだ、そのくらいは蓄えが残ってるから」

「あとは海軍だね。ドイツの軍艦が港に入ってきたら、缶詰を大量に買い上げてくれるかもしれないよ」

「うーん、軍艦は、ちょっとね」

「気乗りしないみたいだね」

「うちの人、軍とか戦争とか、大嫌いだから」

「馬鹿だね。軍艦は外国と対等になるためにあるんだよ。日本だって軍艦を持ってなけりゃ、たちまち西洋の属国になってるよ」

チサは孫の背中を軽くたたいた。

「とにかく、いちど帝国ホテルに行ってごらん。行き詰まった時には、思い切った策に出ると、何とかなるもんだよ」

カールスバートにいた頃に起きた関東大震災で、東京は壊滅的な被害を受けた。建物が倒壊しただけでなく、ちょうど昼時の揺れだったので、煮炊きの火が燃え広がり、大火災が発生して多くの建物が失われた。

そんな中で、帝国ホテルは新館が完成したばかりだったが、一面が焼け野原の中で、その新館だけが残ったのだ。

その写真が世界中に配信され、帝国ホテルの名は一挙に高まった。フランク・ロイド・ライトという世界的な建築家が設計した美しい建物で、以来、世界中から客が押しかけているという。

そんな景気のいいホテルなら、買ってもらえるかもしれない。コウは、そう思った。

コウはロザリオを手に、教会の祭壇前にひざまずいて一心に祈っていた。

元町カトリック教会は、美しい尖塔を持つゴシック建築だ。大三坂から仰ぎ見ると、クリーム色の漆喰の外壁に、銅板葺きの屋根が印象深い。

聖堂内は、入り口の大扉から正面の祭壇に向かって、木製の長椅子が並び、その両側に白い円柱が左右五本ずつ連なる。

円柱が支えるアーチ型の天井は、淡いブルーに彩られ、華やかな雰囲気をかもし出している。

帰国して以来、コウは不安や迷いがあると、ここに来て祈る。そうすると洗礼名でもあるマリアが心の中に現れて、コウを落ち着かせ、励ましてくれるのだ。

祖母には、まだ貯金が残っていると言ったものの、もう蓄えは底をついていた。それでも借金してでも上京すべきかどうか。

旅費節約のために、コウひとりで行こうかとも考える。しかし作り手の顔を見せた方が説得力が増すだろうし、出かけるなら、やはりレイモンとふたりで行きたかった。

一心に祈りの言葉を唱えていると、覚悟が定まってきた。きっと上手くいくと自信が湧いてくる。

「どうか手を、お貸しください」

顔を上げてつぶやき、右の指先で額から胸元にかけて十字を切り、もういちど両手を組んでから、ロザリオをしまった。


東京の日比谷公園前に行ってみると、帝国ホテルの正面玄関は、予想をはるかに超える存在感を放っていた。

外壁は、薄黄色の煉瓦と素焼きの焼物が組み合わさり、大きなガラス窓が連なる。見上げれば緑色の銅板屋根が美しい。

勝田旅館はもとより、天津で訪れたアスターホテルも、カールスバートの文化人が訪れたという高級ホテルさえも、足元にも及ばない。

コウは腰が引けそうになったが、こんな時、レイモンは臆することなく回転扉に入っていく。

フロントで用件を伝えると、ロビーホールで少し待つようにと言われた。ほんの数段の階段を登ると、がらりと雰囲気が変わった。

三階までの吹き抜けで、ホールの四方に巨大な柱がそびえている。やはり煉瓦や焼物を組み合わせており、焼物の一部が素通しになっている。中に電球が仕込まれており、柱全体が照明器具になっていた。

——すごいデザインね——

コウが見上げると、レイモンもうなずいた。

——僕は世界中、あちこちに行ったけれど、こんな建物は見たことがない——

ほどなくして犬丸徹三《いぬまるてつぞう》という支配人が現れた。端整な顔立ちの男で、流暢《りゅうちょう》な英語を使う。

レイモンが事情を説明し、コウが商品を見せると、犬丸は奥へと案内してくれた。

そこはグリルと呼ばれる軽食堂だった。そして料理長を呼んで、コウが持ってきたハムとウィンナーソーセージを、厨房で焼かせた。

焼けるのを待つ間、レイモンは熱弁を振るった。

——私のハムやソーセージは本物です。混ぜものをしないので、出来上がった時には、材料の肉よりも、かさも重さも減ります。だからこそ味が凝縮して美味しいのです——

アメリカでもヨーロッパでも、豚肉に水や粉を混ぜて増量するのが当たり前だった。

レイモンの作り方は、昔ながらの製法を丁寧に踏襲していた。

白いコックコート姿の料理長が、みずから皿を運んできた。

「いい香りです。鉄板ではなく、グリルで焼きましたが、脂の落ち具合も悪くありません」

皿には、きれいに焼き色のついたハムとソーセージが載っていた。缶詰と、そうでないものと、両方とも調理してあった。

犬丸は目の前に皿が置かれるなり、顔を近づけて香りを確かめた。それからナイフとフォークを取り上げて、ソーセージを切り分け、一片を口にした。

コウもレイモンも、かたずを飲んで見つめる。どんな感想をもらえるのか、緊張の時間だった。

犬丸は、ゆっくりと咀嚼《そしやく》すると、端整な顔をほころばせた。

――うまい。これは本物だ――

ハムも切り分けて口にし、かたわらに立っていた料理長に言った。

「君も食べてみたまえ」

すると料理長は申し訳なさそうに答えた。

「実はすでに、ひと口、頂いています。食べたことのないものを、お出しするわけにはいかないので。素晴らしい味だと思います」

コウは思わず両手で顔をおおった。函館では、あれほど毛嫌いされたのに、ようやく理解してくれる人に出会ったのだ。それが胸がふるえるほどの感動だった。

レイモンが妻の肩に大きな手をまわして、軽く揺すった。

――よかった。よかったな――

犬丸はイギリスで一流ホテルに勤めた経験があり、コックの修業もしたという。それだけに味覚には自信を持っていた。

今まで輸入品を使おうとしたこともあったが、ヨーロッパから輸送してくる間に、悪くなってしまっていたという。

犬丸は、すっかり皿を平らげてから聞いた。

――函館から送ってもらうのに、どのくらい時間がかかりますか――

すぐにコウが答えた。

――朝七時の連絡船に載せれば、翌日の朝七時には上野駅に届きます――

――なるほど。ならば缶詰でない方を、定期的に送って頂きましょうか。缶詰でも味は劣りませんが、できたてを函館から直送しているという方が、印象がいいので――

ただし、これから暑くなるので、念のため秋から取引という話になった。

レイモンが品代を示した。送料も含めると、なかなかの高額になる。にもかかわらず、犬丸は容易《たやす》く承諾した。

――引き続き、美味しいものを作って頂きたい。どうか頑張ってください――

コウはレイモンと手を取り合って喜んだ。

さらに京橋で輸入食品を販売する明治屋に出かけ、こちらでも商談をまとめた。

銀座では、奇抜な服装の若者たちが闊歩《かっぽ》していた。レイモンが眉をひそめる。

——なんだ？　あの連中は——

——モボとかモガとかいう人たちですよ——

——モボ？——

——モダンボーイとモダンガールの略——

モガはパーマネントでウェーブをつけた短髪に、幅広のつばの帽子か、逆にぴったりとしたニット帽をかぶり、大きな白襟のワンピースドレスなどを着込んでいる。

——私も結婚前だったら、きっと函館で誰よりも先に、あんな格好をしていましたよ——

レイモンは、両手のひらを上に向けて肩をすくめ、呆れ顔をした。

横浜では、明治維新前から外国人向けに営業していたグランドホテルが、関東大震災で崩壊し、廃業していた。かわりにニューグランドホテルの新築が進んでいたが、まだ食材の仕入れどころではなかった。

ホテルの代わりに貿易商もまわって販路を探したが、即答はしてもらえなかった。

コウは思い切って言った。

——ここまで来たんだから、神戸まで足を延ばしましょう——

神戸はレイモンを追いかけて、天津まで行った時の乗船地だ。メリケン波止場と呼ばれる船着き場の近くに、外国人向けのオリエンタルホテルがある。

コウは帝国ホテルで自信を深め、売り込みに行けば、きっと注文が取れると踏んでいた。

手持ちの金は尽きていたが、ここは祖母に甘えることにして、電報を打って送金してもらった。もはや躊躇《ちゆうちよ》している余裕はなかった。

東海道線を乗り継いで行ってみると、案の定、オリエンタルホテルでも絶賛され、契約が成立した。

ただし神戸に送るとなると、二日近くかかってしまう。夏の間の輸送は心配で、やはり秋からの発送と決まった。

どちらのホテルも秋からとなると、借金返済が問題だった。どう考えても、夏が終わるまで待ってもらえるとは思えない。

レイモンは資金繰りは妻に任せたつもりになっており、コウひとりが気をもみつつ、函館に帰った。

ある日、チサが店に駆け込んできた。

「ドイツの軍艦が入港したってよ。すぐに売り込みに行きなッ」

もはや迷っている暇はなかった。コウは、手近にあったソーセージの缶詰五、六個を、手早く風呂敷に包むなり、全力で外に駆け出した。

行き先はイギリス領事館だ。函館にはドイツ領事館はない。とりあえず、いつも世話になっているデービスというイギリス領事に頼んで、ドイツ軍艦の艦長に口添えしてもらうしかない。

この目論見《もくろみ》は当たった。デービスは、とりあえず缶詰を預かり、ドイツ軍艦の艦長に勧めてみると約束してくれたのだ。

残る問題はレイモンだった。コウは店に戻り、二階に駆け上がった。

——ドイツの軍艦が入港したので、缶詰を売りたいのだけれど——

借金の返済を迫られていることは、レイモンも承知だ。それでも案の定、嫌な顔をした。

——軍には売りたくない。僕が戦争を毛嫌いしているのを、知っているだろう——

コウは祖母からの受け売りを口にした。

——でも軍艦は戦争するだけの船じゃないわ。国の賓客や外交使節だって運ぶし、国と国とが対等に付き合っていくために、どうしても必要な船よ——

だがレイモンは渋面を崩さない。コウは食い下がった。

──借金を返さなきゃ、私たちの店は潰れてしまうわ。北海道の畜産や酪農の改善も、模範農場も、まったく見込みがなくなってしまうのよ──

いまだに道庁からは「食料の自給体制」に対する回答はない。

──秋まで持ちこたえられれば、東京と神戸への出荷が始まる。横浜だってニューグランドホテルができたら、きっと取引してもらえる。でも今、借金を返さなきゃ、何もかも水の泡よ──

それでもレイモンは首を縦には振らなかった。

この状態のままで、もしもドイツ軍艦から注文が来たら、仲介してくれるデービスにも申し訳が立たない。コウは進退きわまる思いだった。

翌日、コウが、もういちどイギリス領事館に行こうと準備をしていたところ、西洋人の来客があった。

白い軍服姿が二人と、白いセーラー服姿がひとり、それに背広姿の日本人がひとり、計四人が店の引き戸を開けて入ってきたのだ。

日本人の男が聞いた。

「ドイツ人の旦那さんは、ご在宅ですか」

「今、二階で仕事中ですが」

男は通訳のようで、ドイツ語で西洋人たちに伝えている。

どうやら入港したドイツ軍艦の士官らしい。ひとりは袖口の金の線が何本も入っており、かなり高い地位に違いなかった。

そのドイツ人が通訳に言う。

――昨日の缶詰の件で、そのマイスターに会いたいと伝えてくれ――

男が訳す前に、コウはドイツ語で言った。

――商談なら私が――

すると三人は、いっせいに眉を上げ、コウのドイツ語を褒めた。

――これは驚いた。日本女性が、わが国の言葉を流暢に話そうとは、夢にも思わなかったな――

入港したドイツ軍艦はエムデン二世号といって、最初に話をした男が艦長だった。もうひとりの軍服姿が、艦内の生活物資購入の責任者で、セーラー服の水兵が調理を担当しているという。

艦長は軍人らしからざる穏やかな表情で話す。

――昨日、デービス領事から、ソーセージの缶詰をもらった。それが本場の味で、とても美味しかったので、ぜひ買い入れたいと思う――

コウは興奮を抑えて言った。

──ありがとうございます。では、どれほどの量を納めましょう──

すると物資の購入担当が聞き返した。

──在庫は、どれほどある?──

缶詰は裏の倉庫に山積みになっている。今まで売れなかったソーセージを、片端から缶詰に加工しており、もはや、しまう場所にも困るほどだ。

量を伝えると、購入担当は全部、引き取るという。夢のような話だった。

だが商談が決まりかけた時に、艦長が言った。

──ご主人にも、お会いしたい。故国を遠く離れて、こんなに美味しいソーセージを作るマイスターに、ぜひ挨拶したいので──

コウは、またもや進退きわまる思いがした。会わせたら断るに決まっている。どうしようと迷っているうちに、二階から足音が聞こえてきた。レイモンが降りてきてしまったのだ。

コウは慌てて夫に駆け寄った。

──この方たち、ドイツ軍艦の艦長さんたちなの。うちにある缶詰を、ぜんぶ買ってくださるんですって──

だがレイモンは三人を一瞥《いちべつ》し、不機嫌そうに言い放った。

──私は軍人が嫌いでね──

コウは総毛立った。

しかし艦長は気を悪くした様子もなく、相変わらず穏やかな口調で話す。

――軍人が客で申し訳なかったが、どうか缶詰を譲ってもらいたい。士官だけでなく、水夫たちにも食べさせたいのだ。故国の味に、さぞ喜ぶだろう――

レイモンは返事もしない。

すると今度は購入担当が言った。

――ちょっと工房を見せてもらえないか。衛生状態などを調べておきたいので――

コウは、もう駄目だと観念した。レイモンは工房を人に見せたがらない。作り方を秘密にしていて、コウが入るのさえ好まない。

だが意外なことに、今日に限ってレイモンは拒むことなく、黙って階段を登り始めた。艦長たちが後に続いても、文句を言わない。

コウは怖くて登れなかった。今にも二階から怒声が響いて、通訳を含む四人が、大慌てで降りてきそうな気がした。

だが予想に反して、とんと怒声は聞こえない。それどころか笑い声が、もれ聞こえてきた。

怪訝《けげん》に思っていると、艦長を先頭にして、四人が笑顔で降りてきた。最後に降りてきたレイモンの表情も和らいでいる。

それからレイモンは裏の倉庫に案内し、扉を開けて山積みの缶詰を見せた。

艦長たちが大喜びする。

——おおお、宝の山だ——

店に戻るなり、購入担当が小切手を取り出して、とてつもない金額を書き入れ、艦長がサインをしてコウに差し出した。

——今日にでも、水兵たちに取りに来させるので、よろしく頼む——

艦長がレイモンと握手した。

——こんな遠くの街で、頑固者のマイスターに会えて光栄だった——

コウは手の中の小切手を見つめた。借金の返済は、なんとか引き延ばしてきたが、もう限界だった。でも、この小切手を現金化すれば、完済してなお余りある。夢を見ているような気がした。

一同が立ち去ってから、レイモンが肩を寄せて聞く。

——これで、よかったか？——

——もちろん。でも、なぜ？——

——あの艦長が、水夫にも食べさせたいと言っただろう。あれが気に入ったのだ——

エムデン二世号は練習船で、百五十名の士官候補生のほかに、艦長や指導員、そして水夫たちを含めて二百名もが乗船しているという。

コウは合点した。レイモン自身、前《さき》の世界大戦で下級兵士として辛酸を嘗《な》めた。だからこそ下級の水夫たちに美味しいものを食べさせて、喜ばせたかったのだ。

それでも疑問は残る。

――でも、あなたは二階に上がるまで、ずっと不機嫌そうだったじゃない――

――そりゃ、そうだ。面と向かって軍人が嫌いだと言ったのに、急に愛想よくできるか。それに――

――それに？――

――軍人も軍艦も好きではないが――

少し言いよどんでから続けた。

――仕方ない。君の望みをかなえたのさ――

自分の信念を曲げてまで、妻の頼みをかなえたのだという。やや押しつけがましくはあるものの、コウは、そんな言い方を微笑ましく感じた。

そして小切手を片手に持ったまま、夫の首に両腕を巻きつけた。

――ありがとう。ありがとう。うれしいわ。これで、ひと息つけるわ――

北の大地

大鍋のふたを取るなり、湯気が立ち上る。キッチンの縦長窓から、晩秋の日が差し込み、白い湯気を明るく照らす。

コウは鍋の湯に玉杓子《たまじゃくし》を沈ませて、男爵いもをひとつ引き上げ、少し黄色みがかった肌に、そっと竹串を刺してみた。何の抵抗もなく、すっと奥まで入っていく。

「いい茹で加減だわ」

そうつぶやくと、手伝いに来ていた近所の娘たちが気を利かせて、刺し子の布巾を二枚差し出した。

コウは一枚ずつ両手に持ち、そのまま大鍋の取っ手をつかんで持ち上げた。

「大丈夫ですか。奥さん」

「平気、平気」

よろけそうに重い鍋を、細かなタイル張りの流しまで運んで、平笊《ひらざる》の上に傾ける。盛大な湯気とともに熱湯が流れていき、甘みを帯びた香りが立つ。男爵いもが平笊にごろごろと転がり出た。

娘たちから歓声が上がる。

「わあ、美味しそう」

かつて明治の終盤に、川田《かわだ》龍吉《りょうきち》という男爵が、函館の造船所に重役として赴任してきた。彼はイギリス留学当時に食べたじゃがいもの味が忘れられず、外国から種芋を取り寄せて交《か》け合わせ、北海道の気候や土壌に合う新種を作り出した。それが男爵いもだ。

コウは、よく水気を切ってから、男爵いもを擂《す》り鉢《ばち》に移し、擂《す》り粉木《こぎ》に力を込めて、片端からつぶした。ほくほくのマッシュポテトに変わっていく。

普段はコウひとりで料理するが、今日は十四人もの大事な客が来ており、大量のランチになる。そのために近所の若い娘たちに手伝いを頼んだのだ。

「じゃあ、あとはソーセージを茹でるだけね」

コウは娘たちに確認した。

もうひとつの大鍋で湯が煮えたぎり、後は昨日、レイモンが作ったばかりのウィンナーソーセージを投げ入れればいいだけだ。

薪《まき》オーブンの中を確かめると、大きなロースハムが丸ごと四本、いい焼き色になっていた。

コウは割烹着《かっぽうぎ》の裾で軽く手を拭いながら、手伝いの娘たちに言った。

「ちょっと声をかけてくるから、後はお願いね」

娘たちが、いっせいに動き始め、コウはひとりで勝手口から外に出た。

昭和六年十一月。いつ初雪が来てもおかしくない季節で、眼の前には、晩秋の白茶けた庭が広がっている。

敷地の西端には函館本線の線路が横たわり、ちょうど列車が五稜郭駅のホームに入ってくるのが見えた。

東京や神戸のホテルへの商品発送が始まったのが、大正十五年の秋だった。その年末に大正天皇が崩御して、大正から昭和へと改元があった。

ドイツ軍艦が缶詰を買ってくれた頃から、しだいに商売は軌道に乗り始めた。

コウは毎日のように、ハムやソーセージを竹籠に収め、さらに菰《こも》でくるんで荒縄をかけまわし、朝の青函連絡船に載せて発送した。

その届け先が都会の一流ホテルらしいと、函館の街で評判になった。すると食べてみようという人が現れ、美味しさに気づいて、ようやく繰り返し買ってもらえるようになったのだ。

暮らしに余裕ができると、レイモンが言った。

——そろそろ農場を始めたい——

それは模範農場という意味だけではなく、良質な豚肉を入手するためにも必要だった。海の近くの農家から豚を買い入れると、魚の頭や内臓を餌《えさ》にしているために、肉にも魚臭さが移ってしまう。それをレイモンは嫌った。

かつて食肉加工のマイスターの資格を取る前に、農場で働いたことがあり、畜産の経験は充分だという。

そこでコウが土地を探した。すると五稜郭駅前に手頃な土地が見つかったのだ。五稜郭公園から一キロあまり海寄りで、函館から北へひと駅だ。東京や神戸への発送にも都合がいいし、荷馬車で函館の店にも商品を届けやすい。

昭和五年の春から夏にかけて整地して、住まいと工房、納屋、豚舎などを建てた。そうして今年になってから、函館駅前から引っ越してきたのだった。コウは三十歳、レイモンは三十七歳になっていた。

冬枯れの庭を突っ切って、コウは豚舎の入り口まで来ると、中に向かって声をかけた。

「そろそろ、お昼はいかがですか。用意ができましたので」

するとレイモンが両手を打ち鳴らし、客たちに言った。

「お昼です。おなか空《す》きましたね。さあ、行きましょう」

函館に来てから、かれこれ七年の歳月が流れ、レイモンは日本語が上手になった。

「てにをは」の使い方は、いまだ妙ではあるものの、いちおう話は通じる。

その一方で、健啖家《けんたんか》のゆえに、だいぶ肉づきがよくなった。おしなべて日本人は痩せている中で、恰幅《かっぷく》がいいとか、福々しいとか言われる。

背広姿の客たちは、レイモンの後について、ぞろぞろと豚舎から出てきた。コウは井戸端を示して言った。

「お水が冷たいので、こちらのお湯で手をお洗いください」

あらかじめ井戸端で焚き火《たび》をして、手洗い用の湯を沸かし、新品の手ぬぐいも用意してある。

レイモンとよく似た体型の男が、相好を崩した。

「おお、これはありがたいな。すっかり手が冷えてしまったのでな」

先月、北海道庁の長官になったばかりの佐上信一《さがみしんいち》だ。ほかは佐上の部下で、道庁の役人たちだった。

男たちが手を洗っている間に、コウはキッチンに戻って、煮えたぎる湯に、ありったけのウィンナーソーセージを投げ入れた。

そしてマッシュポテトを、ふたつの大皿に盛り分けた。まだ、ほかほかと湯気が立つ。手伝いの娘たちに、そのままダイニングルームに運んでもらった。

大テーブルに白いクロスをかけ、銘々皿の両側にフォークとナイフ、さらに箸も並べてある。ビールグラスとワイングラスも、それぞれの席に並べた。

テーブルの真ん中には、すでにガラスの器に盛った色鮮やかな温野菜と、キャベツの酢漬けが置いてある。

慌ただしくキッチンと行き来しているうちに、レイモンを先頭にして、男たちが玄関から入ってきた。

コウは笑顔で迎えた。

「寒うございましたでしょう。どうぞ、椅子におかけください」

佐上から順番に、脱いだオーバーコートを受け取り、手伝いの娘たちが別室に運んだ。

コウは急いでキッチンに戻って、手早くソーセージを引き上げ、大きな深皿に盛り上げた。さらにオーブンからローストハムを取り出して、こちらも大皿に載せ、大振りなナイフとフォークを添えた。

「じゃあ、あなたはソーセージを運んでくれる?」

ひとりの娘に頼んで、コウはハムの大皿を掲げてダイニングルームに入った。すぐさま男たちの視線が集まり、歓声があがった。

「おお、美味そうだな」

「いい匂いですね」

コウは、ハムの大皿を夫の目の前に置き、手伝いの娘が運んできたソーセージの深皿を受け取って、テーブルの真ん中に据えた。

　また歓声があがる。

「これは、すごいご馳走《ちそう》だな」

　コウは深皿を示した。

「ハムは主人が切り分けますが、ソーセージや野菜類は、皆さん、お好きなだけ、お取りください。そちらに洋辛子も用意しておきましたので、お好みで、お使いくださいませ」

　それからは客の間で、大皿や深皿がまわされ、料理が取り分けられていった。レイモンが切り分けたハムも、銘々皿に配られていく。

　レイモンが取っておきのドイツワインを抜き、コウがグラスに注いでまわった。そのかたわらで、手伝いの娘たちが、外気で冷やした瓶ビールの栓を抜きながら、次々と手渡していく。

　ざわついた中で、佐上がまっさきにウィンナーソーセージを口にした。

「これは」

　目を丸くして絶句し、まじまじと自分の皿を見てから、大声で言った。

「うまいッ」

　部下の役人たちも口に運んで、次々と絶賛した。

「これは美味しい」

「噂には聞いていましたが、これほどとは」

「冷たいビールにも、実に合いますね」

「ワインもいいですよ」

ひと口、食べるごとに、賛辞が飛び交う。ロースハムも同様だった。

レイモンは上機嫌で、フォークとナイフを動かしている。

「美味しいは、いいことです」

山盛りだったソーセージも、四本もあった大きなハムも、たちまち平らげられていく。大量のマッシュポテトも野菜類も、男たちの胃の中に消えていった。

食後に焼きリンゴと、コーヒーと紅茶を出したところ、これも大好評だった。

「奥さんは料理が上手ですねえ」

佐上の言葉を、レイモンが得意げに繰り返す。

「うちの奥さん、料理上手ね」

一同から笑いが出て、人心地ついた。あちこちでポケットから煙草を取り出し始め、コウは急いで灰皿を配った。

佐上が煙をくゆらせながら、レイモンに言う。

「ハムもソーセージも素晴らしい。豚舎も清潔で、何もかも予想外です。レイモンさんの言う通り、こんな暮らしを北海道に広めたいものです」

明治以来、北海道でも稲作が試みられて、函館近辺では、それなりに産出できるようになった。だが、ここ数年は冷夏が続き、稲作はもちろん麦も雑穀も、もはや凶作という状況だった。

佐上自身は広島県の出身で、東京帝国大学を出てから、内務省で出世を続けた。さらに岡山県知事、長崎県知事、京都府知事を経て、このたび手腕を買われ、北海道庁の長官に就任したのだった。

かつて京都府知事をしていた時に、佐上は京都ホテルでレイモンのソーセージに出会ったという。京都ホテルもコウが定期的に商品を発送している得意先だ。

そこで今回、凶作の北海道に赴任するに当たって、改めて調べたところ、レイモンが五稜郭駅前で農場を開いていると知り、すぐさま視察に来たのだった。

レイモンはナイフとフォークを置いて、熱く語り始めた。

「スイスは北海道と同じくらい小さい国ね。でも一平方キロメートルで、九十四人が食べていける。北海道は同じ広さで、たった二十九人。酪農や畜産に力を入れれば、スイスみたいになります」

大きな手を目の前に振りかざしながら話す。

「豚飼い農家を北海道全体で一万、作る。そうすると、いろいろの仕事が増える。肉でソーセージ作ったり、革で鞄を作ったり。それで四百五十万人、食べていける。この数は、嘘ではない。私、ヨーロッパの畜産を、ちゃんと調べました」

北海道全体の人口は増え続けており、コウが生まれた頃は百万人に満たなかったが、今や三百万人を超す。

函館や小樽のような港町は、北洋漁業や造船で潤っているが、内陸部の農家は凶作にあえいでいる。そこで畜産業を促進させて、食料を道内で自給できるようにしようというのが、レイモンのねらいだった。

佐上が隣に座っていた部下に、メモするように指示し、その男が急いでポケットから手帳を取り出した。

するとレイモンは首を横に振った。

「メモ、要りません。大丈夫。このプラン、レポートにして、もう道庁に出しました」

佐上は身を乗り出して聞いた。

「いつ頃、提出されたのですか」

レイモンは記憶が曖昧だったらしく、コウに顔を向けて聞いた。

「五年前？　六年前？」

コウは指を折って、きちんと数えてから答えた。

「日本に帰ってきてすぐですから、もう七年前です。『食料の自給体制』という題名です」

佐上は部下たちに聞いた。

「読んだことがあるかね？」

誰もが首を傾げるばかりだ。たとえ読んだことがあったとしても、完全に無視したのだから、肯定できるわけがなかった。

すると佐上はレイモンに頼んだ。

「申し訳ないが、レイモンさん、そのレポートの写しがあれば頂けませんか」

レイモンは首を横に振った。

「写しはない。でも、佐上さんが読むなら、また書きます」

「本当ですか。それは、ありがたいな」

佐上は嬉しそうに両手をすり合わせた。

すっかり皿が空になったところで、佐上の隣の役人が腕時計を見て言った。

「長官、そろそろ出ませんと。列車が来ますので」

「おお、そうか。すっかり長居をしてしまったな」

佐上が立ち上がるのを合図に、ほかの十三人がいっせいに立ち上がった。

手伝いの娘たちがオーバーコートを運んできて、それぞれに着せかける。

ぞろぞろと玄関から出ていき、最後にコウが外に出た。

するとレイモンが佐上の横で、額に手を当てて考え込んでおり、妻の姿を見るなり聞いた。

「この木、何？」

玄関脇にコウが植えた花木だが、日本名が思い出せないらしい。

「ハマナスですよ」

「そうそう、ハマナス。うちの奥さん、植えました」

コウは夫が言わんとすることを察して、佐上に説明した。

「主人は北海道の産業だけでなく、暮らしもスイスのようにしたいと申しまして、それで花を植えたりしているのです」

ハマナスは北海道の海岸などに自生する花だ。夏には一重《ひとえ》のバラのような花をつけ、甘い香りを放つ。

そこでコウは、野生のハマナスを根付きで掘り出しては、庭に移植している。絵葉書で見るスイスの農家のように、建物を花で飾り、人が憧れるようにしたかった。

レイモンが、また自慢げに言う。

「豚を飼う。豊かに暮らす。これ大事なこと」

養豚が清潔な仕事で、豊かな暮らしに通じると、何より訴えていた。

そのため住まいも、木造二階建ての洒落た洋館だ。下見板張りの外壁には小豆色のペンキを塗り、玄関扉や縦長窓の枠は白で際立たせてある。

佐上は、しきりに感心するが、役人たちは列車の時間を気にして促す。

「長官、そろそろ駅に行きませんと」

列車の姿を見てから走っても間に合うが、一同は駅に向かった。

コウとレイモンは改札口まで同行し、一同がプラットホームへと歩いていくのを見送った。

午後の日差しが傾き、冷たい風が吹きつける中、背広姿の男たちが、寒そうに背中を丸めて列車を待つ。

コウは気の毒になって言った。

――もっと家で待って頂けば、よかったわね――

――いや、じきに列車が来るさ――

しばらくして汽笛が聞こえ、銀色の線路の彼方から、黒い蒸気機関車が姿を現した。シュッシュッという音とともに、黒煙を引きずりながら、力強く近づいてくる。

そして速度を落とし、プラットホームに入線するなり、真っ白い蒸気をはいて停車した。

「ごりょうかく、ごりょうかくです」

駅員が声を張り上げる。

佐上が客車に乗り込む前に、手を振って大声で言う。

「じゃあ、レイモンさん、計画書を頼みます」

レイモンも大きく手を振り返した。

「すぐ、書きます。待っててください」

一同は、こちらに向かって何度もお辞儀をしながら、客車に吸い込まれていった。

そして駅員が甲高い笛を吹き鳴らし、また蒸気機関車はシュッシュッと音を立てて、北に向かって動き出した。

――この時間じゃ、札幌に着くのは夜中でしょうね――

コウがつぶやくと、レイモンもうなずいた。

――そうだな。そこまでして来てくれたのだから、ありがたいと思う――

列車を見送りながら言う。

――今度こそ、僕の提案が実現するだろう。何しろ、長官直々の希望だ――

レイモンは張り切っていた。

ただしコウには少し不安もあった。視察に来るにしても、十四人も雁首《がんくび》揃えて来なくてもいいものだと思う。本来なら三、四人ですむ話だ。

長官が行くと言うなら、われもわれもとついてきたに違いない。大人数で視察することで、責任を分散するつもりなのだ。

レイモンが軍人を嫌うように、コウは役人が嫌いだった。

役人は前例のないことには、なかなか踏み出さない。だから「食料の自給体制」は無視されたのだ。

でも今度はレイモンの言う通り、長官自身が興味を持ったのだから、脈がないわけではない。とにかく自分の役目は、夫の夢を支えることだと自覚を深めつつ、客車の最後尾を見送った。


レイモンは夜明け前から起き出して、ソーセージの仕込みを始める。燻煙に時間がかかるために、早朝から始めなければ、一日で完成できないのだ。

その合間に、欧米の畜産について、調べ直し始めた。レイモンは横浜から英字新聞を取り寄せているが、その何年も前の記事にまで目を通し、畜産関連を抜き書きした。

さらに札幌に出て、北海道帝大の農学部教授に話を聞きに行ったり、東京で各国の大使館にまで足を運んで、欧米の畜産について調べてきた。

調査が終わると、寝る間も惜しんで熱心に書き綴った。今度も英文で書いたものを、コウが日本語に訳して清書した。

佐上たちの視察の半年後、計画書が完成した。五年間で一万戸の畜産農家を増やし、そのための職業訓練所的な畜産学校も設けるという内容だった。今回は教育にも言及したのだ。

レイモンもコウも自信を持って、札幌の佐上信一長官宛に郵送した。折り返し、受け取ったという葉書が届いた。だが、それきり何も言ってこなかった。

何度も葉書や手紙で、どうなっているのかと問い合わせた。だが「ただ今、検討中」だの「参考にさせて頂いている」だのと、慇懃《いんぎん》な返事が届くばかりだ。

そんな最中、レイモンが突然、言い出した。

——思い切って、ここを売って、もっと広い農場を始めよう——

佐上らが視察に来て以来、この農場が注目され、譲って欲しいという申し出があった。相手は北海道製酪販売組合連合会、略して酪連といって、バターやチーズの生産者組合で、売却価格は悪くはなかった。

それでもコウは戸惑った。

——ここを売るの?——

せっかく花や樹木も植えて、豊かな生活を実践し始めたというのに、移転するとは思ってもみなかったのだ。

しかしレイモンは力強く言う。

——もっと広い土地で、何百頭も豚を飼って、牛や羊も飼って、大規模な農場を展開する。そこに缶詰工場も併設して、生産から出荷まで一貫してやりたい——

道庁への提言を実践して、役人たちに見せたいというのだ。

——そんなこと、あなたひとりでできるの？——

——もちろん手伝いは雇う。それで大勢に仕事を与えられる実例を示すつもりだ——

ドイツから食肉加工のマイスターを呼びたいと言う。

——それに、今の農場を酪連が買えば、こんな形の畜産農家が増えるきっかけにもなる。それはそれで価値のあることだと思う——

コウは夫が本気なのだと気づいた。こうなったら、もう止められない。手伝うしかないと、即座に覚悟を決めた。

——わかったわ。もっと広い土地を探しましょう——

またもやコウは駆けずりまわって、ちょうどいい土地を探し出した。

今度は五稜郭よりも、さらに函館から離れ、本郷という駅の前だった。五稜郭を含めて函館から四駅目に当たり、地名は大野といった。

地形的に見ると、函館湾沿いから北に延びる平地の、最北端近くに位置する。そこから山を越えて、さらに北に向かえば、大沼という美しい湖に至る。

大野は函館より風当たりが穏やかで、北海道で最初に稲作に成功した地域でもある。その点でも、レイモンは乗り気になった。

——夏の気候によって、生産量が安定しない稲作農家に、畜産の仕事を振り分けよう——

昭和八年の雪解けを待って、整地に取りかかった。そして夏前には、まず住まいと工場ができて引っ越したのだった。

もはや工房という規模ではなく、農場を含めて、レイモンは大野工場と呼んだ。

大野に移って以来、本郷駅に到着する一番列車の音で、コウは目覚めるようになった。その時間には、レイモンは隣の寝台にはおらず、すでに工場に出ている。コウは寝台脇にひざまずいて、ひとりで朝の祈りを唱える。忙しい一日の始まりだった。

身支度を整えて、二階にある寝室から階下に降りていくと、五匹の犬が待ち構えている。レイモンのしつけがいいために、しきりに尻尾を振るだけで、うるさく吠《ほ》え立てたり、飛びついたりはしない。

レイモンは動物好きで、特に犬が大好きだ。函館駅前から五稜郭駅前に引っ越した時に、帰国する西洋人から洋犬を貰《もら》い受けたのが始まりで、その後、雑種の仔犬《こいぬ》を拾ってきたりして、たちまち五匹に増えた。

コウが玄関のドアを開けてやると、いっせいに外に飛び出していく。工場ではレイモンが、ハムやソーセージに使えない豚の部位を煮て、犬たちの餌を用意している。犬たちは、それを待ちかねて駆けていくのだ。

外に出ると、三方を山で囲まれた三千坪に及ぶ敷地に、木造二階建ての住まいと、納屋、サイロ、豚舎、牛舎などが建ち並ぶ。どれも西洋式の建物で、レイモンの理想通り、スイスの絵葉書のようだ。

それからコウは、リビングルームに戻って、薪ストーブと、キッチンの洋式竈《かまど》に火を入れる。北の地では夏の終わりには、もう火の気が欲しくなる。

火が熾《お》きる頃には、手伝いの人々が近所の農家から、続々と出勤してくる。

工場の手伝いは、村の主婦や娘たちの仕事だ。レイモンがソーセージの中身を用意しておくと、女たちが、ケーシングと呼ばれる羊腸に詰める。それを次々とウィンナーの長さにひねって棒に掛け、燻煙機の棚に並べる。火や煙の調整はレイモン自身の仕事だ。

前日にできたものを、コウがひとつずつ確認しながら竹籠に詰め、さらに菰と荒縄を掛けまわして、本郷駅から東京や関西方面のホテルへと発送する。ベーコンやサラミなど、種類も豊富になり、なお好評が続いている。

函館の末広町に販売店があり、そちらには荷馬車で送り出す。かつて勝田旅館があった辺りで、固定客が増えており、地元での販売も順調だ。

家畜の世話は青年たちの役目だ。豚は三百頭、牛は三十五頭、羊は三十頭もいる。青年たちは餌を与えるのはもちろん、それぞれの畜舎を清潔に保ち、農家からもらってきた藁《わら》を床に敷く。その代わり、家畜の糞《ふん》を肥料として、農家に分配するのだ。

レイモンは地域との関わりを、とても大事にしていた。そのために自分の農場で豚を飼うだけでなく、近隣の農家にも養豚を勧めた。農家では稲作の副業になるからと、積極的に応じ、大野村内だけでも百頭もの豚が飼われた。

一方、手伝いが増えれば、その昼食の用意だけでも、相当な量になった。そのためキッチンや掃除の手伝いも、常時、頼むようになった。

手伝いの娘たちは明るく笑う。

「けっこう旦那さんって、やきもち焼きっしょ」

ほかの娘も応じる。

「そうそう。私らが家畜の世話をしている男の人たちと話してただけで、本気で怒るんだァ」

「私も怒られたさ」

皆、思い当たることがあるらしく、手を打って笑う。

コウはカールスバートにいた頃、義弟のハンスと距離を置かなければならなかったことを思い出したが、あえて夫の肩を持った。

「それはね、親心よ。嫁入り前に間違いがあったら困ると、心配するからですよ」

「そうかなァ」

娘たちは首を傾げながらも、また笑う。

「でも、旦那さんって、ころころしてて可愛いし、憎めない人だよね」

最近は一段と肉づきがよくなり、その一方で甘い顔立ちは変わらない。これには、さすがにコウも笑った。

毎朝の発送がすむと、もう昼食の準備の時間だ。さらに食事が終われば、片づけは手伝いの娘たちに任せて、コウは算盤を手にして帳簿つけにかかる。

発送した商品の代金は、各地のホテルから為替で届き、函館の販売店からは現金が入る。支出は従業員への給金、農家から買い取った豚の代金、各ホテルへの送料などのほかに、獣医への支払いなど細々とした費用がかかる。

さらに大野工場を建てた際に、五稜郭の売却金だけでは充分ではなく、銀行から借り入れもしており、その返済もあった。

コウは定期的に本郷駅から列車に乗って、函館の銀行に出かけ、ついでに末広町の販売店の様子も見てくる。

そのほか従業員たちの相談事が、すべてコウに持ち込まれた。そんな日には、帳簿つけが深夜に及ぶことも珍しくはない。

夜はレイモンは早々と床についており、高いびきだ。コウは朝と同じように、ひとりで寝台脇にひざまずいて祈る。かつてトラピスト修道院で見た「祈り、働け」の言葉を、まさに実践する暮らしだった。

忙しくしているうちに、周囲の山々が錦に染まった。農場でも、線路沿いで真っ直《まっす》ぐにそびえ立つポプラの防風林が、鮮やかな黄金色《こがねいろ》に輝き、牧草地は一面、薄茶色に変わった。

ここでもコウは五稜郭の家と同じように、ハマナスの花木を玄関脇に植えており、秋口まで一輪、二輪と咲き続けていた。

いつしか木枯らしが吹いて、樹木の枝々があらわになり、十一月の半ばには初雪が降った。

日毎《ひごと》に雪が深くなるが、動物相手の仕事に閑期はない。相変わらず忙しい日々が続いた。

ただし寒さによって商品の保存が利くようになった。そこでレイモンは、先々の発送予定分まで作り置きし、ドイツに一時帰国した。コウも同行したかったが、まだ人任せにできない仕事が山積みで、夫を見送った。

レイモンは、オットーという若い食肉加工のマイスターを連れて戻ってきた。まだ独身で背が高く、手伝いの娘たちが袖を引き合って噂した。

オットーは昼間は熱心に働き、夜は日本語の勉強をした。レイモンが気に入って連れてくるだけのことはあって、真面目で無口で勤勉だった。

ただオットーは気になる話もした。ドイツではナチスが力を持ち始めており、軍国主義が進んでいるという。

日本でも国粋主義が台頭し、軍部の力が増している。函館の造船所では、大型軍艦の建造が増え、それで街が潤い、人々は歓迎している。コウもレイモンも眉をひそめるばかりだ。

そんな世相の中でも、昭和九年の雪解けを迎えると、山菜採りが始まり、子豚が次々と生まれた。すっかり雪が消えれば、今度は花の季節だった。

梅も桜も北辛夷《きたこぶし》などの花木も、水仙やたんぽぽといった草花も、何もかもが、いっせいに開花する。それを追いかけるようにして、若葉の季節を迎えるのだ。

そんな時、レイモンに満州行きの話が持ち上がった。以前、道庁に提出した畜産計画を、満州で試してみないかと誘いが来たのだ。実際に話を仲介してくれたのは、函館市役所だった。

満州は朝鮮半島の北に位置する広大な地域だ。もとは主に遊牧民が利用していたが、遊牧民には土地所有の意識が薄く、また万里の長城の外側ということもあって、清《しん》王朝も重要視していなかった。

そのため最初にロシアが、シベリアから満州北部へと領土を拡大した。さらにロシアは清王朝から土地を租借し、南満州の港である大連から、北に向かって鉄道を敷設して、シベリア鉄道と結んだ。

その後、明治終盤に起きた日露戦争によって、日本がロシアから租借権を勝ち取った。以来、日本政府は鉄道沿線に、いくつもの都市を建設し、日本からの移民を奨励してきた。

中国人の住民も増え、去年、清王朝最後の皇帝だった溥儀《ふぎ》を迎えて独立を宣言し、新国家という形になった。

レイモンに打診されたのは、そんな新しい土地での仕事であり、大喜びで引き受けた。満州で畜産計画が実現できれば、次は北海道でという思惑があったのだ。

今度もコウは留守を守って、夫を送り出した。日本語は相変わらず「てにをは」が変だったが、だいぶ複雑な話もできる。それに満州には洋行帰りの日本人も多く、英語やドイツ語の通訳が容易に雇えるという。

大野工場はオットーに任せ、レイモンは後顧の憂いなく出かけていった。

小樽から朝鮮半島や大連まで、航路が開かれており、行き来も不便ではなかった。

そのためにひと月あまりで一時帰国し、レイモンは目を輝かせて語った。

——満州国は素晴らしい。日本政府は若い建築家たちを送って、鉄道沿線に美しい都市を建設している。それに河川の上流に大規模なダムを造って、電気を供給し、都市の工業化も進めているんだ——

新国家建設のために建築家のみならず、さまざまな専門家が求められており、レイモンは畜産と食肉加工の分野で招聘《しょうへい》されたのだった。

――もともと遊牧民の土地だから家畜に慣れているし、中華料理には豚肉が欠かせない。だから私の計画が受け入れられやすいんだ――

今後、大野のような試験農場と畜産工場を、満州各地に開き、増加する移民のための食料供給に尽力するという。

――きっと満州国は、アメリカみたいになる。アメリカがイギリスから独立して発展したように、満州は日本から独立したし、新しい国家として大発展するはずだ――

レイモンの夢は広がり、コウも、そんな土地に行ってみたくなった。だがレイモンは渋面を横に振った。

――まだ危険な地域もあるんだ。新しい計画を嫌って、襲ってくる馬賊がいる。もう少し落ち着いたら連れて行くから、今は、こっちの仕事を頼む――

次はクリスマス休暇までには帰るからと約束して、また満州へと旅立っていった。

背信の結末

それからレイモンは満州との往復を、ひんぱんに繰り返すようになった。満州でのアドバイザー料は、驚くほど高額だった。レイモンは貯金が三十万円に達すると、全額、北海道警察に寄付した。それで本郷駅前に駐在所を設置してもらったのだ。本郷駅前からは函館湾沿岸や、津軽海峡沿岸の漁村に向けて、バスが発着している。春の鰊《にしん》漁の時期になると、出稼ぎの人々が全道各地から鉄道で集まってきて、そのバスに乗り換えて行く。

気の荒い男たちが多く、喧嘩《けんか》や乱暴が絶えない。漁が終わって帰る時期にも治安が悪くなる。そのために駐在所が必要だったのだった。

そんな暮らしが続いていた昭和九年の秋のことだった。

レイモンが突然、可愛らしい白人の赤ん坊を連れて帰国した。乳母車の中で機嫌よくしており、かたわらに哺乳瓶が置いてあった。

レイモンは子供好きだ。いかにも愛しげに抱き上げて言う。

――女の子だ。アリスという名で、ロシア人の孤児なんだ。親戚もいないから、うちで引き取ろうと思う。君は子供を欲しがっていたし、僕たちの籍に入れよう――

満州北部のハルビンという街には、今も白系ロシアの人々が暮らしており、そんな中で親をなくした子供だという。

コウは前々から子供を産みたかった。だがレイモンが許さず、避妊を続けていた。

函館では明治維新前から、西洋人との間に生まれた子供が珍しくはない。たいがい母親は娼婦《しょうふ》で、父親は故国に帰ってしまう。そのため子供は父なし子として育つ。

ひと目見て日本人ではないことがわかるため、幼い頃からいじめられる。長じてからは、女の子なら母親と同じ苦界《くがい》で生き、男でも地道な仕事にはありつけない。

そんな状況が嫌で、レイモンはコウとの間に、子供を作りたがらないのだ。

アリスは青い目と美しい金髪を持つ。たしかに差別は受けずにすむが、養女だということは誰の目にも明らかだ。コウとしては、やはり自分の子が欲しかった。

しかしレイモンはアリスに目を細める。

――男の子だと兵役があるが、女の子だから、その点も安心だ。アリス・レイモン、いい名前だろう――

もうすっかり入籍する気でいる。いつものことだが、こうなったら止められそうにない。

コウが抱き上げても泣かず、つい可愛くなって、引き取ってもいいかなと思った。でも仔犬をもらうのとは違うのだから、よく考えなければと、自分自身をいさめた。かといって、もう連れてきてしまったのだし、今さら返すところもない。

翌日は函館の銀行に行く日だったので、アリスを手伝いの娘たちに任せ、いつものようにコウは列車に乗って出かけた。

駅前の銀行で用を済ませ、末広町の販売店に立ち寄った。特に店に変わったことはなく、立ち去ろうとした時だった。

店を任せている女性店長が、コウの袖を引っ張った。

「奥さん、話があるんですけれど」

何ごとかと思いつつ、店の奥についていった。

「話って、今じゃなきゃ駄目？　大野にアリスって赤ちゃんが来て、私、早く帰ってやらないと」

すると店長は深刻な顔で言った。

「その子のことなんですけど」

「アリスのこと、もう聞いたの？　早耳ね」

「その子、誰の子か、ご存じですか」

「ロシア人の子ですって。親が亡くなったんで、うちの籍に入れようって話なのよ」

店長は、いっそう顔色を変えた。

「奥さん、籍なんか入れちゃ駄目ですよ」

「なぜ？」

「その子」

店長は、いったんは言いよどんだものの、ひとつ息を吸ってから続けた。

「その子、旦那さんの子なんです」

コウは耳を疑った。

「何を言ってるの？」

思わず笑い出した。

「あなた、何か勘違いしているわよ。あの子はロシア人の孤児で」

「孤児なんかじゃありません。母親は、ちゃんといます」

店長は一気に言い放った。

「ちょっと小綺麗なロシア女で、しばらく前から時任町《ときとうちょう》に住んでます。その家を借りたのは、旦那さんに間違いありません。私、不動産屋に確かめたんです」

時任町は港から少し離れ、五稜郭公園の南に位置する住宅街だ。

コウは腹が立ってきた。

「妙なことを言わないでちょうだい。いつ、うちの人が、そんな家を借りたっていうのよ。うちの人は昨日、満州から帰ってきたばっかりなんだから」

「いいえ、旦那さんが帰国したのは、昨日じゃありません。もう半月も前から函館に戻ってきてます。旦那さんは、あんななりだから目立つし、私だけじゃなくて、ほかの人たちも見てます。その女のところに入り浸りだったんです」

ふと背中に視線を感じて振り向くと、店の手伝いの娘たちが立っていた。

「私たちも見ました。旦那さんが時任町の家に入っていくところを。その家には、お手伝いさんも雇われてて、それとなく探りを入れたんです」

いよいよ信じがたい言葉が続く。

「そしたら、そのお手伝いさん、こう言ったんです。うちの旦那さんと白系ロシアの女の人と、アリスって赤ん坊と三人家族で、満州から来たんだって」

店長がコウの腕をつかんで揺すった。

「この辺じゃ、もう評判になってて、知らないのは奥さんだけなんですよ」

コウは呆然とした。頭の中が整理できない。たった今、聞いた言葉も理解できない。

鼓動が耳の奥で妙に大きく聞こえ始めた。眼の前が暗くなりそうで、なんだか気分も悪くなり、立っていられなくなった。

「奥さん、しっかりしてくださいッ」

店長に抱きとめられ、そのまま上《あ》がり框《かまち》に腰かけさせられた。

誰かが慌てて水を取りに行き、目の前にコップが差し出された。

コウはふるえる手で受け取って、ひと口、飲んだ。すると今の話が、ようやく現実味を帯びてきた。

半月前から帰国していたのに、夫は昨日、帰ったかのように嘘をついたのか。もっと大きな嘘を隠すために。

それでもコウは信じたくなくて、立っている店長を見上げて言った。

「でも、あの人、アリスを籍に入れようとしてるのよ。孤児じゃないとしたら、すぐにわかるのに、そんな子供じみた嘘を言ったって仕方ないじゃない」

「そのロシア女に、なんとしても認知してほしいって、迫られてるんじゃないですか。とにかく籍さえ入れてしまえば、後はなんとかなるって思ってるんですよ」

店長は、はき捨てるように言った。

「私は、そんな旦那さんが許せない。こんなに一生懸命な奥さんに対して、ひどすぎますよッ」

ふらつく足で路面電車に乗っているうちに、日が陰り、冷たい雨がぱらつき始めた。

函館駅の改札を通る時には、土砂降りになった。

プラットホームに停車していた小豆色の客車も、車体が雨にぬれて光っている。コウは乗車し、四人がけの向かい合わせの席で、窓際に腰かけた。

行商帰りの主婦らしき集団が、どやどやと乗り込んできたが、ほかの席に陣取った。その後、コウの横も前も空いたまま、発車時刻になって列車が動き出した。

窓ガラスの外側に雨粒が当たり、次々と水の筋になって斜めに流れていく。その向こうには、夕暮れ時の見慣れた景色が動いていく。

コウは頭の中を整理した。

夫は明らかに、ふたつ嘘をついた。ひとつは昨日、帰ってきたかのように装ったこと。もうひとつはアリスが孤児だということだ。

アリスの月齢から考えると、レイモンが満州に行って、すぐにロシア女と男女の仲になり、子供が生まれたことになる。

少し早すぎはしまいか。だとしたら、アリスはレイモンの子とは限らない。

でも、そうなるとアリスの母親は、身ごもっている最中か、産んですぐにレイモンと男女の仲になった計算になる。そんな時に、女が新しい恋などするだろうか。

いや、もし相手が娼婦だったら、それもありうる。妊娠初期にレイモンをたらしこんで、父親にでっち上げることくらい、朝飯前かもしれない。

そうして邪魔な赤ん坊を、他人夫婦に押しつけようとしているのではないか。もし、そうだとしたら、あまりにアリスが可哀相《かわいそう》だ。いっそ引き取って育ててやりたくなる。

いやいや、それは早合点というものだ。コウは首を横に振った。

だいいち、なぜレイモンはアリスだけでなく、ロシア女まで満州から連れてきたのか。養女にするのなら、アリスひとりを連れてくればすむ。

やはり店長の言う通り、なんとしてもアリスを認知させたくて、女が自分の意志で函館までついてきたのか。

そもそも、その女はアリスを手放す気などあるのか。だとすると妻の座をねらっているのか。それなら譲り渡したっていい気がする。夫から愛されてもいない妻の座に、しがみつきたくはない。

離婚という言葉が、コウの頭をかすめる。でもカトリックは離婚を許さない。コウもレイモンも信仰を捨てなければ、別れることはできないのだ。

あれこれと考えをめぐらせているうちに、何もかも信じられなくなる。むしろ店長や店の娘たちが、誤解しているのではないか。

やはり夫を信じたい。駆け落ちまでした仲なのに、背信などありえない。でもレイモンが、ふたつ嘘をついたことだけは確かなのだ。

コウの思考は振り出しに戻り、堂々巡りを繰り返す。

そういえばと気づく。もうずいぶん夫婦関係がなかった。満州に行く前から、すれ違いが続いていた。

毎晩、レイモンは先に寝てしまい、朝はコウが寝ているうちに、起きて工場に行く。夜、早めに寝室に呼ばれることもあったが、そんな時に限って、帳簿つけに時間がかかり、終わった時にはレイモンは寝入っていた。

もう自分は三十三歳で、レイモンは四十歳。結婚から十二年も経った夫婦など、そんなものだと思い込んでいた。でも、それは誤解だったのかもしれない。

そこまで考え至った時に、デッキに通じる引き戸が開いて、車掌が現れた。中央の通路を歩きながら声を張る。

「次は本郷。本郷駅です。お降りの方は、お忘れもののないように願います」

車掌が行き過ぎるのを待ち、コウは立ち上がってデッキに出た。

もうすっかり日が落ちて、ドアのない客車の出入り口からは雨が吹き込む。その先の暗がりでは、線路脇のぬれた砂利が車内の灯《あか》りを受けて、凄《すさ》まじい速さで後ろに流れていく。

一瞬、このまま飛び出してしまおうかと迷いが湧く。何もかもが嫌になったのだ。

だが思い留まった。こんなところから飛び降りたところで、線路端の草地に転がるばかりで、死ねるはずもない。だいいち自殺もカトリックが禁じるところだ。

本郷駅で降りると、駅舎が妙に寒々しく見えた。昼間は気にならないが、夜は電灯がひとつ点《とも》っているだけで、乗降客の姿もまれだ。

改札口を出ると、ソヨという手伝いの娘が、蛇の目の傘を二本、手にして待っていた。十六歳で住み込み奉公に入って間もないが、気の利く娘で、列車の時間を見計らって迎えに来てくれたのだ。

「お帰りなさい」

笑顔で片方の傘を差し出す。

「迎えに来てくれたのね。ありがとう」

コウが近づいて傘を受け取ると、ソヨは怪訝そうな顔をした。

「奥さん、疲れてないですか」

薄暗い電灯でも、そうとう顔色が悪いのがわかるらしい。

「そうね。少し疲れたけれど大丈夫。それより、ソヨちゃん」

コウは傘を広げて、駅舎から出た。

「アリスのことで、何か妙なことを聞いてない？」

「アリスちゃんですか。今日は一日、ご機嫌でしたよ。手間のかからない子で、助かります」

そこまで明るく答えて、質問とかみ合っていないと気づいたらしい。

「妙なことって？」

コウは慌てて否定した。

「ううん、何でもないの。気にしないで」

どうやら大野には、まだ噂は届いていないようだ。でも、こんな無垢《むく》な娘の耳に、あの嫌な話が届くのも、もう時間の問題だと、コウは覚悟した。


帰宅すると、函館市役所の戸籍係からレイモン宛に、謎かけのような葉書が届いていた。

「先月より度々相談ありし件、検討の結果、やはり承認はならず、こちらより指定の二名連名および連座の上、改めて申請のこと」

差出人が市役所の戸籍係ということは、アリスの入籍の件に違いない。

「先月より度々相談ありし」ということは、先月からレイモンが帰国していた決定的な証拠だ。「承認はならず」とは、アリスの入籍が却下されたのだろう。

では「こちらより指定の二名」とは、いったい誰のことか？　レイモンとコウだと考えると辻褄《つじつま》が合う。

先月、レイモンは、アリスの入籍か認知を市役所に申請したに違いない。ところがレイモンひとりでは受けつけてもらえず、何度も相談に出向いた。そこで役所として検討した結果、やはり夫婦連名のうえ、ふたり揃って役所に出向いて、改めて申請しろという意味だ。

たしかに子供の入籍を、夫ひとりで申請しても、却下されて当然だ。妻も同席する必要がある。

しかし相談といっても、レイモンのことだから、そうとう強硬にねじ込んだのだろう。それで役所は困り果てて、断りの葉書を寄越したに違いない。当然、妻の目に触れることも意識しているから、こんな謎かけのような文章になったのだ。

レイモンとしては、何度も相談に行ったのに、埒《らち》が明かない。そこでアリスを家に連れてきて、とにかくコウに認めさせてしまえという魂胆だ。それから夫婦一緒に市役所に出向こうという計画なのだろう。

この読みが当たっているとしたら、コウは妻として、そうとう舐《な》められている。アリス可愛さで目がくらむとでも思われたのか。いよいよ腹が立つ。

レイモンは日本語が読めないから、日頃から郵便物を改めたりしない。だから、こんな葉書が来ていることにも気づいていない。

コウは何もなかったふりをして、夕食をすませた。食卓は住み込みのソヨたちも一緒なので、こんな話を出すわけにはいかない。レイモンの態度も昨日と変わらず、食後にはアリスをあやしてから、上機嫌で風呂に入った。

コウはアリスをソヨに任せて、先に寝室で夫を待った。

すると風呂上がりのレイモンが、鼻歌混じりに階段を登ってくる気配がした。そしてドアが開くなり、夫の意外そうな顔が現れた。

――今夜は早いんだな。帳簿つけは済んだのか――

コウは背筋を伸ばして答えた。

――いつも帳簿つけがあるわけではないですし――

――そうか――

レイモンは洗い髪をタオルで拭きながら寝台に腰かけた。

――アリスは、どうした？――

――隣の部屋で、ソヨちゃんが寝かしつけてくれました――

――そうか。手のかからない子だろう――

タオルを枕元に放り投げたところで、コウは最初の質問を浴びせた。

――満州からは、いつ帰られたのですか――

――いつって、昨日だ。昨日、おまえと会ったじゃないか――

――もっと前から、あなたを函館で見かけたという人が、いるのですけれど――

するとレイモンは寝台の上で、そそくさと横になった。

――人違いだろう――

こちらに背を向けて、上掛けのブランケットを、首元まで引き上げる。

――人違いじゃありません。何人もが見てるんです――

夫は肉づきのいい背を向けたまま、何も答えない。

――なぜ黙ってるんですか――

すると、いかにもうるさそうに言った。

――何を、くだらないことを言ってるんだ？　明日も早いんだから、寝かせてくれ――

――くだらないことじゃありません。大事な話をしているんです――

返事はない。

コウは次の手を繰り出した。

――こんな葉書が市役所から来ています――

コウは葉書の文面を、そのまま読み上げた。するとレイモンは、いよいようるさそうに言う。

――そんな難しい日本語は理解できない――

――つまり、あなたひとりじゃアリスを入籍できないから、私と一緒に来いって意味ですよ――

――じゃあ、一緒に行けばいい。そんな話を、こんな時間にしなくてもいいだろう。僕は眠いんだ――

――そんなことを言える立場ですか。先月から相談に行ったと書いてありますよ。帰国は昨日じゃなかったわけですね。それに、なぜ私に相談もなく、入籍の申請なんかしたんですか——

——いや、市役所に相談に行ったのは、アリスの件じゃない。満州での仕事の話だ。満州行きは、最初から市役所が仲介している。いろいろ報告もあるんだ——

コウは葉書の表を一瞥した。

——これは戸籍係からの葉書です。アリスの入籍の件以外に、戸籍係に何の相談があるっていうんですか——

さらに覆いかぶせるように言った。

——私は、あなたが考えるほど、愚かな妻ではありません。アリスが可愛くなって、夫婦揃って戸籍係の窓口に行くとでも思ったのですか——

本題に切り込んだ。

——アリスは孤児じゃないんですね——

なおも黙っている。

コウは確信した。やはりレイモンの子なのだと。

——母親のロシア人は、あなたにアリスを認知してもらいたいのでしょう。あなたは父親として——

途中まで言いかけた時に、突然、レイモンが上半身を起こした。

――僕はアリスの父親じゃない――

――じゃあ、誰が父親なんですか――

――知るものか。ただ、あの女がアリスを持て余して、母子とも気の毒だったから、うちで引き取ることにしただけだ――

――母親が、あんなに小さい子供を持て余すなんてことが、あるんですか――

――彼女はアメリカに渡る算段がついたのだ。でも事情があって、幼い子連れでは行かれないんだ――

――じゃあ、その人とあなたは、男と女の仲じゃないんですね――

――当たり前だ――

レイモンは不自然に笑い出した。

――何を勘違いしてる？　やきもちにも程があるぞ――

――それなら、なぜ、あなたは時任町の家に入り浸りなんですか――

――入り浸りってわけじゃない。アリスを引き取る話をしにいっただけだ――

――その家を借りたのは、あなたそうですね。お手伝いさんまで雇ってやって――

――だから、それは、あの女が身を寄せる場所もなくて、気の毒だから――

いかにも言い訳がましい。コウは決定打を浴びせた。

——そのお手伝いさんは、あなたと白系ロシアの女の人とアリスが三人家族で、満州から来たと言ったそうです——

するとレイモンの態度が一変した。

——そんなことを嗅《か》ぎまわって、どうするつもりだ?——

——嗅ぎまわってなんかいません。耳に入ってきただけです——

——君は何をしたいんだ?——

——あなたこそ——

——僕は君が子供を欲しがってるから、アリスを連れてきただけだ——

——私は養女なんか欲しくありません。自分で子供を産みたいんです——

思わず声が高まる。

——ひどいじゃありませんか。妻には子供を禁じておいて、別の女には子供を産ませるなんて——

——だからアリスは、僕の子じゃないと言っているだろう。どうして信じない?——

——あなたは嘘をつきました。昨日、満州から帰ってきたと。それにアリスが孤児だと。そのうえ時任町に家まで借りてやって。どうして信じられましょう——

突然、レイモンが怒鳴り散らし始めた。

——うるさいッ、うるさいッ、うるさいッ。いい加減にしてくれッ——

すると隣の部屋から、アリスの泣き声が聞こえた。ソヨが起き出して、あやす気配が続く。

レイモンが不機嫌な声で言う。

——とにかく明日も早いんだ。寝かせてくれ——

乱暴に寝台の上に横たわり、またブランケットを引き上げた。

コウは隣に寝たくなくて、自分のブランケットを引きはがすと、くるくると巻き取って抱え、寝室を出て階下に降りた。

そしてリビングルームのソファに横になり、ブランケットをかぶった。

さっきの口論が、頭の中によみがえる。

あれほど否定するのなら、本当にアリスの父親ではないのかもしれない。それにロシア女とは男女の仲ではないのか。

いやいや、そんなことは常識では考えられない。時任町の家に入り浸りなのだから。

また思考の堂々巡りが始まる。

口論の激高が落ち着くにつれ、哀しみが湧く。涙があふれ、耳の方まで流れていく。

なぜ、こんなことになってしまったのか。つい一昨日まで穏やかに暮らしていたのに。

まだレイモンを愛している。愛しい夫を手放したくはない。

その思いも堂々巡りになり、朝まで、まんじりともせずに過ごした。

明け方近くになって、二階で争う声が聞こえた。

「旦那さん、困ります。アリスちゃんは、私が奥さんから、お預かりしたんですから」

ソヨの声だ。アリスがぐずる声も聞こえる。

荒々しく二階から駆け降りる足音が続く。レイモンがアリスを抱いているらしい。

「旦那さん、待ってくださいッ」

ソヨも階段を駆け降りてくる。

レイモンは荒々しい足音でリビングルームを突っ切り、玄関から飛び出していった。

アリスの泣き声も遠のいていく。

ソヨが追いかけて玄関まで駆けつけた。

「旦那さんッ」

コウは動揺を抑えて声をかけた。

「ソヨちゃん、もういいわ。あの人の好きにさせて」

柱の掛け時計を見上げると、函館行きの一番列車が来る時刻だった。

夫がアリスを連れて列車に乗り、時任町の家に向かったのは疑いない。もう帰ってこないかもしれない。これきりレイモンは、その女のものになって。

それが哀しくてたまらなかった。

大沼方面から南下してくる線路は、山際に沿って大きく弧を描いて、本郷駅に向かう。そのために農場の北端に立っていると、山の向こうから近づいてくる列車は見えない。機関車からも、こちらは見えないはずだった。ただ線路の響きによって、列車が近づいてくるのはわかる。

コウは線路の土盛りの下に立って、斜面を見上げていた。一晩中、いろいろなことを考えすぎて、そのうえ眠っていない。もう頭が疲れて、何も考えたくない。何もかもが面倒で、とにかく終わりにしたかった。

このまま斜面を駆け上がって、走りくる蒸気機関車の前に飛び込んだら、楽になれる気がしてならない。

単調な線路の音が、しだいに大きくなって、自分を呼んでいるような気がした。もう、すぐ近くまで、列車が迫り来る気配だ。

昨日は列車から飛び降りかけても、思いとどまる余裕があった。だが今は、その時より、はるかに混乱している。

山陰から真っ黒い蒸気機関車が、盛大に黒煙をはきながら現れた。それに吸い寄せられるように、コウは、よろよろと斜面に向かった。

運転手が気づいて、けたたましい警笛を鳴らす。何度も何度も鳴り続ける。

一気に斜面を駆け登ろうとした時、突然、背後から強い力が働いた。そのまま後ろに引きずられ、もんどり打って土盛りの下まで転がり落ちた。

すさまじい風と轟音とともに、機関車が斜面の上を疾走していく。客車も一両ずつ通り過ぎる。

最後尾が行き過ぎる頃には、列車全体が速度を落として、本郷駅のプラットホームに入っていった。

気がつけば、コウは土盛りの下で座り込んでいた。すぐ脇の地面に伏せていたのはオットーだった。コウの腕をつかんで引き戻し、勢い余って一緒に斜面を転がり落ちたのだ。

普段、オットーとは、あまり話をしない。住まいは工場に隣接しているし、日常的に顔を合わせるのは食事の時だけだ。それも黙って食べて、黙って仕事に戻る。

もともと無口な男だが、レイモンが嫉妬深いのを心得ており、あえて距離を置いているらしい。日曜日に教会に行くのも、コウとレイモンが列車を使うのに、オットーは馬に乗っていく。

オットーは地面から立ち上がり、肩で息をつきながら言った。

——死んではいけません——

差し伸べられた手にすがって、コウも立ち上がった。オットーは家の方を目で示す。

——ソヨさんが心配して探しています——

見れば、ソヨが全速力で走ってくるところだった。

裾の乱れもかまわずに走ってくる。そして近づくなり、息を切らせて言った。

「奥さん、奥さん、無事で、無事で、ああ、よかった」

するとオットーが、片言の日本語で言った。

「コウさん、ソヨさん、元町、教会」

ひとりずつ指さしてから、左の手を斜めに開き、右手の人差指と中指とを足に見立てて、手のひらの上を登っていくような仕草をした。

勘のいいソヨが合点した。

「奥さんを元町の教会まで、お連れすればいいんですね」

オットーがうなずいて、コウに言った。

——こういう時のためにこそ、教会があるのです。祈るだけでもいいし、神父に打ち明けてもいい——

ひとりで行かせるのは不安らしい。

ソヨもコウを逃すまいと、しっかりと袖をつかんで言う。

「次の列車まで時間があるから、荷馬車を出してもらいましょう」

オットーに向かって、馬の手綱を揺らすような仕草をして、函館方面を指差した。オットーもすぐに理解して、馬房の方に走っていった。

いったん家に戻って、ソヨが角巻をコウの肩に巻きつける。

コウは首を横に振った。

「ソヨちゃん、もう大丈夫。出かけなくても、私は大丈夫だから」

だがソヨは聞かない。

「いいえ、教会に行きましょう。神父さまに聞いて頂くのが一番です」

否《いや》も応もなく外に連れ出された。

オットーが荷馬車の御者台《ぎょしゃ》に腰かけている。荷台には座布団が用意されていた。

もはや乗らない訳にはいかない。コウはソヨの手を借りて荷台に這《は》い上がり、座布団に座って、函館までの道のりを揺られた。


函館元町カトリック教会の聖堂内で、コウはひざまずき、ロザリオを握りしめて祈った。苦しみから逃れたい一心だった。

すでにオットーには、帰路は列車を使うからと、荷馬車ごと大野に帰らせた。ソヨは聖堂の玄関と内扉の間のベンチで待っている。

なんとか落ち着きを取り戻して、祈りを終えた。うつむいたまま木製のベンチに腰かけた時に、祭壇脇で人の気配がした。

顔を上げると、ジャック・シュルブレナンという神父だった。眼鏡の奥の瞳が優しげな細面で、去年、カナダから赴任してきたばかりだ。

コウは日曜日ごとに、ここに通ってくる。レイモンも大野にいる時には、一緒に礼拝に来る。だからシュルブレナン神父は、夫婦両方とも、よく知っている。

日曜でもないのにコウがやって来て、真剣に祈っているのを見て、何かあったと感じたらしい。近づいて、コウの隣に腰かけた。

――大丈夫ですか――

優しく言葉をかけられて、コウはうなずいた。

――お祈りしたら、だいぶ落ち着きました――

――それはよかった――

優しげに微笑む。

――苦しいことがあったら、ここに来て祈りなさい。教会の扉は、いつでも開いています。相談したければ、いつでも聞きます――

――ありがとうございます――

コウは、しばらく黙っていたが、やはり打ち明けようと決めた。

――離婚を、考えています――

――なぜ？――

――夫が別の女性を愛しています。子供まで生まれて。まして夫は、その子を私たちの籍に入れようとしているのです――

神父は首を横に振った。

――どんな理由があろうとも、離婚は許されません。どうしても別れたければ、信仰を捨てなければなりません――

――それは心得ています――

――離婚したら、あなたは罪人になって、これからの生涯、すがるものを失います。レイモン氏も同じです――

神父は、ゆっくりと諭す。

――違うのは、あなたは孤独になり、レイモン氏は罪に苦しみながらも、その女性と子供と一緒に、新しい暮らしを始めるでしょう。それは、あなたの望むことですか――

自分は孤独になるというのに、自分を裏切った夫は、新しい団欒《だんらん》を得る。言われてみれば、自分ひとりが犠牲になるようで、それも情けない。

――でも、もう私は愛されていないのです。それでも妻でいなければならないのですか――

――愛を取り戻せば、いいではありませんか――

――そんなことは無理です――

――無理ではありません。あなたたちは深く愛し合って結婚したのでしょう?――

――結婚して、しばらくは愛し合っていました。でも、ここ何年かは、私は単なるビジネスパートナーに過ぎなかったのだと、思い知りました――

――ビジネスパートナー、素晴らしいではありませんか。夫婦で同じ仕事を分かち合えるなんて。その新しい女性は、彼のビジネスパートナーになれますか――

――できないと思います――

――それなら自信を持ちなさい。あなたは彼にとって、かけがえのない妻です。愛を取り戻せばいいだけです――

――でも、どうやって？――

――まず彼を許しなさい――

キリスト教の大事な教えのひとつが、罪の許しだ。

しかしコウは首を横に振った。

――とうてい許せません。私の信頼を裏切ったのですから――

――どうしたら許せますか――

コウは、つらつら考えながら答えた。

――その女性と子供とも別れて、私に心底から謝って、私のところに帰ってきて、私に子供を産ませてくれたら、もしかしたら許せるかもしれません――

――ならば、そうしてもらいなさい――

——でも、たとえそうしたところで、許せないかもしれません——

——その時は祈りなさい。毎日、毎日、何年でも。そうすれば、かならず許せる時が来ます。かならず愛は取り戻せます——

思いもかけなかった指摘だった。

でも、よく考えてみれば、離婚するか、許すか。その二択しかない。あれこれと余計なことを思い悩んだものの、本当は、しごく単純な話だった。

神父が聞いた。

——もういちどレイモン氏と、落ち着いて話してみたらどうですか。離婚は、その後に考えても遅くはないでしょう——

コウは深くうなずいて立ち上がった。

——わかりました。やってみます——

嘆き悲しむだけでは何も進まない。人に頼るのも、ここまでだ。この先は自分自身で解決しなければならなかった。

コウは時任町の家の前に立った。そこは洋風の家だった。貿易商か誰かが住んでいたようなたたずまいだ。函館には、そんな家が少なくない。

ここに来る前に、末広町の販売店に立ち寄って、店長に詳しく場所を教えてもらった。

その時、ソヨには、大野に帰るように言ったが、ソヨは拒んだ。

「一緒に大野に帰るまで、私は奥さんから離れるわけにはいきません」

また思い余ったことをしでかさないか、心配でならないらしい。そのために時任町までついてきたのだった。

「ごめんください」

コウは玄関扉に近づいて、思い切って声をかけた。

だが反応はない。

「ズドラーストヴィチェ」

わずかに知っているロシア語で呼びかけてみたが、誰か出てくる気配は皆無だ。ドアノブに手をかけても、鍵がかかっている。

コウは背後のソヨに向かって聞いた。

「この家に間違いないわよね」

「はい。ここだと思います」

「出かけたのかもしれないから、少し待ってみましょうか」

だが待てど暮らせど、誰も現れない。

ちょうど家の前を通りかかった人に、ソヨが遠慮がちに聞いた。

「あの、ここの家の人って」

「ああ、ここね、先月くらいから、赤ん坊のいる西洋人の家族が引っ越してきてね。奥さんは若くてきれいでね。旦那さんは恰幅のいい人で、ずいぶん歳が離れているみたいだけど」

まぎれもなく、この家だった。

日が落ちて、急に冷え込む。いったん祖母の家にでも泊まって、明日、出直そうかとも思った。でも、こんなみっともない話を、さすがに祖母には打ち明けられない。

それに、どうしても今日のうちに決着をつけておきたかった。しかしソヨを見ると、いかにも寒さをこらえきれないといった様子で、その場で足踏みをしている。

それが、ちょっと気の毒になった。さらに、ふと気づいて聞いた。

「もしかして、ソヨちゃん、お便所、行きたいんじゃない？」

するとソヨは申し訳なさそうにうなずく。

「実は、そうなんですけど」

コウは少し腹が立った。だから先に帰れと言ったのだ。

しかしソヨは、今にも我慢の限界に達しそうだ。これは放っておけないと気づいたとたんに、気持ちが切り替わった。自分でも意外に思えるほど、軽い口調で言えた。

「それじゃ、急いで帰りましょう」

「ええッ？」

ソヨの足踏みが止まる。

「でも、いいんですか」

「だって、お便所、行きたいんでしょ?」

これ以上、深刻な顔で待ち伏せしたところで、夫もロシア女も帰ってくるかどうか、わかりはしない。それよりも目の前のソヨの方が、切羽詰まっており、はるかに優先順位が高い。

ソヨは泣きそうな顔で答える。

「そりゃ、行きたいですけど」

「それじゃ駅で、お便所を借りましょう。函館駅まで我慢できる?」

「は、はい、なんとか」

コウは最寄りの電停に向かって、早足で歩き出した。すると、たちまちソヨが追い抜いていった。

ソヨは函館駅前の電停で、路面電車から降りるなり、先に突っ走っていって、駅の待合室に飛び込んだ。しかし入り口のところで、急に立ち止まって、慌てた様子でコウを手招きした。

「奥さん、早く、早くッ」

何ごとかと思いつつコウが走り着くと、ソヨは目を丸くして、待合室の中を指さした。

「だ、だ、旦那さんが、います」

そのままソヨは、待合室奥の「厠《かわや》」という表示に向かって突進していく。

コウが待合室に入ると、レイモンがストーブ前の席で、ひとりで背中を丸め、こちらをうかがっていた。

その視線を避けて、コウは入り口近くの木製ベンチに腰かけた。

ついさっきまでは、顔を合わせたら土下座させてやろうと、息巻いていた。言いたいことを何もかも、大声ではき出してしまうつもりだった。

シュルブレナン神父に話した通り「その女性と子供とも別れて、私に心底から謝って、私のところに帰ってきて、私に子供を産ませ」なければ、話にならないと思っていた。

だがソヨの便所騒ぎのせいか、気が殺《そ》がれてしまった。さらに路面電車に乗っている間に、考えが一変した。

それほどのロシア美人と、可愛いアリスのところに、夫が行きたいのならば、もう止められはしない。

でも夫がどうであれ、自分は大野に留まる。カール・レイモンのハムもソーセージも、今はレイモン自身がいなくたって作れる。でも自分がいなければ売り続けられない。

神父に指摘された通り、ロシア女にはコウの仕事はこなせない。今まで通り、自分が頑張らなければ、ソヨもオットーも近所から働きに来ている若者たちも、ことごとく仕事を失う。

オットーは失職したくないという打算から、コウが列車に飛び込むのを止めたわけではない。ソヨも同じだ。彼らは純粋にコウを大事に思ってくれているからこそ、あんな行動に出たのだ。

末広町の販売店の店長にしても、コウを案じるがゆえに、レイモンの不実を知らせてくれたのだ。

ならば自分は彼らのために、頑張り続けなければならない。夫の背信に対する悔しさや、女としての意地よりも、働く者たちを優先すべきだと気づいたのだ。

できることならレイモンには去ってもらいたくはない。大野に帰ってきて欲しい。でも、どうしてもロシア女を選ぶのなら、それは仕方のないことだと思い至った。

たった一日で、これほど考えが二転三転しようとは、驚くばかりだ。ただ、考えが変わった最初のきっかけが、教会だったことは明らかだった。

そうして落ち着いたところで函館駅に着き、待合室でレイモンの姿を目にしたのだ。

なぜ夫がひとりでここにいるのか、理由はわからない。でも、それもどうでもよかった。

ソヨが手ぬぐいを使いながら、厠から出てきた。きょろきょろしてコウの姿を見つけるなり、駆け寄ってきた。

ベンチの隣に腰かけて、横目でレイモンを示す。

「旦那さんに声をかけなくていいんですか。ここで奥さんのこと待ってらしたんじゃ」

コウは笑顔を作って答えた。

「心配してくれてありがとう。でも、いいの。放っておきましょう」

「でも旦那さんだって、歩み寄ってるつもりなんでしょうから、ここは意地を張らない方が、いいんじゃないですか」

しかし時任町の家が留守だったということは、おそらくレイモンが女とアリスを逃したのだ。そんなことをしておいて、歩み寄りも何もないものだと、ソヨの言葉に、むしろ腹が立つ。

だが不満を口にする前に、駅員が待合室に入ってきて、大声で告げた。

「まもなく改札が始まります」

コウはソヨを促して立ち上がり、本郷駅までの切符を買って、改札を通った。そして停車中の列車に乗り込んだ。

四人がけの椅子に向かい合わせで腰かけると、驚いたことに、後から来たレイモンがソヨの隣に座ったのだ。

さすがにコウは不愉快だった。ソヨは気まずそうに夫婦を交互に見る。

コウは窓の外に顔を向けた。そして金輪際、振り向くものかと決意した。

列車が動き出し、駅の電灯の光が遠のいていく。窓の外は急に暗くなり、家々のほのかな灯りだけが点在している。

車窓の暗いガラスに、レイモンの姿が映り込む。だがコウは目を疑った。

夫は太い腕を組んでうつむいている。列車の揺れに従って、頭が揺れる。どうも寝入っているらしい。いびきまで聞こえ始めた。

さすがに呑気《のんき》さに腹が立ち、たたき起こそうとした。

その寸前に、ソヨがコウの両手をつかんで、小声で言った。

「奥さん、お願いです。こらえてください。旦那さんは今朝、暗いうちから出ていって、たぶん今日一日で、いろいろなことを片づけたんだと思います。だから疲れてるんですよ」

コウは、ソヨの言うことならばと耐えた。

以来、レイモンは以前通りの勤勉さで働き始めた。謝りもせず、何もなかったかのような暮らしぶりだ。

満州に出かける際には、行き帰りの予定と、現地での仕事を、はっきりと告げて行くようになった。満州滞在の期間も、以前よりも、ずっと短くなった。

そんな中で、アメリカから国際郵便が届いた。レイモンは中身を見せて、ロシア女とは別れたと言った。

——彼女はアリスを連れて、アメリカに渡ったんだ。嘘じゃない——

手紙の文面は、こちらで落ち着いたという簡単な報告だった。アリスを抱いた白人女性の写真も添えられていた。確かに美人だ。

——僕は、彼女が独り身でアメリカに渡って、心機一転した方が、彼女のためになると思った。だからアリスを引き取ろうとしたし、彼女も、そのつもりになったんだ——

妙に格好のいいことを言って、どこまでが事実かは、わからない。

こんな手紙は偽物《まがいもの》で、本当は、また母娘《おやこ》で満州に戻って、密かにレイモンと愛の巣を築いているのかもしれない。写真にしても、満州で撮影した可能性だってありうる。

もしも夫の言う通り、アリスを引き取って、母親をアメリカに送り出すだけならば、わざわざ時任町に家など借りる必要はなかったはずだ。

疑いだしたらきりがないし、夫を許したわけでもない。つい意地の悪い言葉が出た。

——その人、子供を置いて、よく自分ひとりでアメリカに行こうなんて思えたものね。私だったら、できないわ——

するとレイモンは冷ややかに言った。

——君にはわからないのさ。国を追われる立場や、自分の国が変わってしまう哀しさ、家族がばらばらになる情けなさなんて――

――わからないわ。あなたたちは、そういった感情を共有していたのね。私には理解できない感情を――

コウは夫の心が、まだロシア女のところにあるのだと感じた。

――それなら何故、戻ってきたの？――

レイモンは答えない。

――理由はわかってるわ。私のところに帰ってきたのは、ビジネスパートナーとして大事だったからと、宗教上、離婚ができないから。そうでしょう――

――そのほかに、もうひとつ。まだ愛しているからさ――

――白々しい――

――君は？　もう僕を愛していない？　帰ってきて欲しくなかった？――

コウは答えをはぐらかせた。

――元町教会のシュルブレナン神父さまがね、おっしゃったの。かならず許せる時が来ます。かならず愛は取り戻せますって――

――そうだね。愛を取り戻そう。夫婦なんだから――

それが心からの言葉かどうかは定かではない。コウは返事ができなかった。

――君には、つらい思いをさせた。それほど子供を産みたがっていたことも、僕は顧みなかった――

目を伏せて話す。

――これからでも遅くないなら、子供を作ろう。僕たちが立派な夫婦であることを、世の中に示せれば、生まれた子供は、いじめられずにすむかもしれない。いや、いじめられないように、僕が守り通す――

そう言われてもなお、複雑な思いは引きずった。

ただ表面的には日常が戻ってきた。少しずつ少しずつ、かたくなな感情は和らいでいく。

そんな中でコウは身ごもった。夫を許すための条件の後半「私のところに帰ってきて、私に子供を産ませてくれたら」という二点だけは、かなえられたのだ。

月満ちて生まれたのは、可愛らしい女の子だった。するとレイモンが諸手《もろて》を挙げて大喜びし、自分の祖母の名前をもらって、フランチェスカと名づけた。

コウはフランチェスカに乳を与えながら、ロシア女と別れたのは事実だと悟った。それは女の勘だった。

このまま暮らしていけば、いつかは心から許せるようになる。そう信じた。

無国籍

フランチェスカが生まれた二年後の昭和十二年夏から、日本と中国は実質的な戦争状態に突入した。ただし戦争とは称さずに、日華事変と呼ばれた。

戦争は国家間で宣戦布告して始まる。しかし日華事変は、地域的な軍事衝突から始まって、日本側としては短期間で勝てると見込んでいた。

だが中国は国土が広大であり、あちこちに飛び火して、ずるずると拡大していった。そのために宣戦布告する機会を失い、戦争とは定義されなかったのだ。

その頃からレイモンは、満州に出かけて帰国するたびに、だんだん愚痴をつぶやくようになった。

――僕は満州国を理想的な新国家だと信じていた。アメリカがイギリスから独立して発展を遂げたように、満州も日本から独立して発展するものだと夢見ていたんだ――

だからこそ畜産計画に協力したのだという。

――でも満州国の実態は、いつまで経っても日本の植民地で、満州国政府は日本の傀《かい》儡《らい》政権だったのだ――

そもそも日本は、ロシアから租借権を引き継いだ。だから、いずれは中国に返すべき土地だったのだ。

しかし独立国の体裁を取れば、返す必要がなくなる。そのために実態は植民地のままなのに、清王朝最後の皇帝を頂点に据えて、独立国を装ったのだという。

――それに僕は、満州国で暮らす人々は満州国人なのだと思い込んでいた。でも、それも大きな勘違いだったのだ――

日本からの移民を始め、もとからいた遊牧民や漢民族、白系ロシアなど、さまざまな人種が寄り集まって、満州国人になるのだと、レイモンは信じていた。

それはアメリカ人が、ヨーロッパやアジア、アフリカなどからの移民によって形成されていったのと、同じ感覚だった。

――でも満州で暮らしている日本人は、日本人だという自意識を固持して、満州国人などという意識は微塵《みじん》もないのだ――

レイモンは悔しそうに言う。

――独立国ではないのだから、中国から国土を返せと言われても仕方ないし、そのせいで日華事変が起きたのだ。アメリカやイギリスに非難されるのも当然だ――

アメリカやイギリスは、前々から満州国を日本の傀儡だとして、批判し続けている。それに日本は反発し、アメリカとの戦争も辞さないという風潮が生まれている。

――アメリカと戦争しようなんて、とんでもない話だ。アメリカの国力を甘く見すぎている。とうてい勝ち目はない――

レイモンは、シカゴの巨大食肉加工メーカーに勤めた経験から、日本との物量の格差は熟知している。

そのうえ、もともと戦争を嫌悪しており、大っぴらに反戦を口にする。

――とにかく満州国を本当の独立国にすべきだ。政府も地元の人々が担い、軍隊が必要なら、日本軍を派遣するのではなくて、地元で兵を徴用して、新しい組織を整えればいいんだ――

そんな主張が軍部に聞こえ、危険視され始めているらしい。それで満州での居心地が悪くなったのだ。

そして、とうとう満州での役目が終わる日が来た。

――後は地元でやるそうだ。要するに僕は、お払い箱さ――

レイモンは悔しそうにつぶやいた。

そんな頃、オットーが夫婦に相談を持ちかけた。

——まだしばらくは、ここで働かせてもらってもいいでしょうか——

レイモンが満州に出かけなくなり、自分には留守役としての価値がなくなったと、気にしているらしい。

レイモンは笑い飛ばした。

——もちろん、居てくれ。もともと君に来てもらったのは、僕が満州に行くためではない。この工場を拡大するためだ。だから本来の目的通り、もっと規模を広げよう。それで北海道の畜産や酪農の規範にするんだ——

もともと満州で成功したら、次は北海道という意識があった。そこに立ち返ろうという。

それでもオットーは遠慮がちに言う。

——それなら、ひとつ、お願いがあるのですが——

——何だね？　遠慮なく言いなさい——

——実は、前から言い交わした女性がいて、呼び寄せたいんです。デートリンデ・ユストというのですが——

コウもレイモンも笑顔を見合わせた。

——いい話じゃないか。すぐに呼びなさい。元町の教会で式を挙げよう——

するとオットーは首を横に振った。

――結婚式は故郷で挙げたいんです。親兄弟にも出席してもらいたいし。ただ、早く日本に呼びたい事情があって――

デートリンデにはユダヤの血が混じっているという。

昔からヨーロッパではユダヤ人の迫害が、何度も繰り返されてきたが、今またヒトラーの台頭によって再燃していた。

――それが、だんだんひどくなっているらしいので、とにかく日本に呼んでやりたいのです――

――もちろん、かまわない。それなら家で預かろう。コウの仕事が忙しい時に、フランチェスカの面倒を見てもらえば、娘もドイツ語を覚えるだろうし――

レイモンの提案に、コウも大賛成だった。

そうしてデートリンデが来日した。十八歳で、笑顔の可愛い、優しそうな女性だった。

――どうか、リンデと呼んでください――

しばらく一緒に暮らしてみると、リンデは誠実で裏表もなく、フランチェスカを安心して任せられた。

工場はレイモンとオットーのふたり体制になって勢いづき、生産量も増えていった。

もはや全道一の規模であり、競合相手は皆無だった。

しかし食肉の歴史が浅いために、需要が満州ほどはついてこない。軍に缶詰を納入すれば、販売量が伸びるのはわかっているが、レイモンが嫌がる。一般の消費を増やすためには、やはり行政の音頭取りが必要だった。

そこでコウはレイモンと一緒に、また札幌に出て道庁を訪れた。

以前、五稜郭の農場に視察に来た佐上信一は、その後、酪農だけでなく、道の指針として養豚も奨励した。レイモンの畜産計画の一部を取り入れたのだ。

そのほかにも酪農と畜産の専門学校の創設にも尽力した。これもレイモンの教育に関する提言に、触発された結果だった。

だが結局、佐上はレイモンの計画を正式採用しないまま、去年の上半期で長官を退任し、北海道を去っていた。

そこでコウとレイモンは、新しく長官となった石黒英彦《いしぐろひでひこ》に期待したのだ。すでに満州での実績もあることだし、前に提出した計画書を、改めて検討してもらいたかった。

だが石黒は見当違いなことを言った。

「それでは工場と農場を、酪連にでも買い取らせて、レイモンさんがアドバイザーを務めてはどうですか。それでよければ、こちらから酪連に働きかけますよ」

レイモンは憤慨した。

「違います。買い取りは要らない。私の計画書を、しっかり読んでください」

コウも慌てて言い添えた。

「北海道全体の畜産計画を、道庁として指導して頂きたいのです。そうすれば食肉の習慣も広まって、体格改善にも健康の増進にも役立ちます。そのために、うちの工場を見本にして頂ければいいのです」

とりあえず石黒は、計画書を探して読んでみると約束し、コウとレイモンは大野に帰った。

ほどなくして酪連から、大野の工場と農場とを買い取りたいという申し出があった。

コウは丁寧に断った。

「道庁の石黒長官にも申し上げましたが、うちでは手放すつもりはありませんので」

すると、またしばらくして、今度は道庁から呼び出しがかかった。今度も夫婦揃って出かけてみると、石黒長官のほかに酪連の重役が待っていた。

そして一通の契約書を見せられた。そこには大野の工場と農場を、五万円で酪連に売り渡すと書いてあった。

コウは意味が呑み込めなかった。

「これは、どういうことですか。うちでは手放す気はないと申し上げたはずですが」

レイモンに訳して聞かせると、いきなり怒り始めた。

「絶対に売らない。こんな紙は要らない」

するとと石黒は居丈高に言った。

「レイモンさん、これは拒むことはできない。もう決定事項なので」

コウも、とうてい納得できずに問いただした。

「今、決定事項と仰せでしたが、決定したのはどこなのですか。政府ですか。それとも道庁なのですか」

「それは」

石黒の態度が少し変わった。

「道庁と思ってもらってかまわない」

「ならば決定した理由を聞かせてください」

「食料の供給は重大事項なので、今後は外国人には関わらせないことになった。それが理由だ」

「それを決定したのは政府ですね」

さらに問い詰めていくと、石黒の額に脂汗がにじみ始めた。

「いや、これ以上のことは話せない」

国家機密だと言わんばかりだった。

「そちらも知らない方がいい」

それから石黒は、あれこれと言い訳を始めた。とても遠まわしでわかりにくかったが、コウは理解した。レイモンの満州での言動が問題視され、軍部から圧力がかかったらしい。

それをコウが問いただすと、石黒は、曖昧に首を横に振る。

「いや、そういうわけではない」

一方、レイモンは断固として拒む。

「絶対に売らない」

売れ、売らないの言い合いが続いた挙げ句に、石黒は声をひそめた。

「ここしばらく、大野のお宅の周辺に、怪しげな男たちが、うろついていなかったかね」

そういえば今朝、家を出てくる時に、目つきのよくない男が、こちらをうかがっていた。その前にも、コウが出かけようとした際に、別の男が農場の入り口に立っていたことがある。

気味が悪くなって、駅前の駐在所に注意を促したところだった。

「最近は、いろいろ物騒なので、気をつけたまえ」

石黒は謎かけのように言う。

「私はレイモンさん一家のことを思って忠告している。お宅には、小さいお嬢さんもいることだし」

コウは背筋が凍る思いがした。ようやく授かったフランチェスカは、三歳の可愛い盛りだ。あの子の身に何かあったら。

コウは確信した。これは間違いなく軍部が関わっている。彼らなら、子供ひとりさらって闇に葬るなど、容易いことなのだ。

小声でレイモンに伝えると、さすがに顔色を変えた。

眼の前の契約書の重さに、もはや夫婦とも言葉もない。コウは、もういちど手に取って読んでみた。

レイモンが本郷駅前に駐在所を建てるために、北海道警察に寄付した金額は三十万円だった。それに対して工場と農場を丸々、売り渡すのに五万円とは法外だった。

コウは顔を上げて、もう一点、確認をした。

「食料の供給に外国人は関わらせないと仰せでしたが、もっと規模を小さくして工房を続けるのは、かまいませんよね」

だが石黒は首を横に振った。

「いっさい食肉加工は許されない。自家用でも、作っていることがわかったら、一日につき罰金五千円が課せられる」

驚くべき話だった。

「では、もうひとつだけ確認させてください。うちが手放したとして、その後も従業員は、引き続き大野で働けますか」

「まあ、日本人ならかまわない」

ということはオットーは解雇せざるを得ない。コウは胸が痛んだ。

石黒は、もうひと押ししてきた。

「どうあっても、この件は、そちらには拒むことはできない。だから、とにかく契約書に判を押して、今すぐ帰った方がいい。今すぐだ」

そしてレイモンに向かって、はっきりと告げた。

「もういちど言う。今すぐ帰らなければ、何が起きるかわからない。これは私から、あなたたちへの忠告だ」

そして契約書を指で示した。

「ここに判とサインを」

レイモンは食い入るように、契約書を見つめている。

コウはフランチェスカの身が案じられて、もう居ても立ってもいられない。急いでバッグから印鑑を取り出して、夫に差し出した。

レイモンは大きな手をふるわせて受け取ると、朱肉に押しつけてから、憤怒の表情で契約書に判をつき、サインを書きなぐった。

それからは嫌なことや、哀しいことばかりが続いた。

最初はオットーの帰国だった。

――様子がわからないので、とりあえず僕が先に帰国します。それでユダヤ人迫害の状況次第で、リンデが帰れるか、それとも、しばらく様子を見るか判断します――

若い恋人同士の別れは、周囲の涙を誘った。

その一方で、大野の家を引き払うために、またコウは家探しに奔走した。レイモンは和式の便所が使えず、どうしても洋館でなければならない。

すると元町の静かな住宅地に、手頃な家が見つかった。木造で外壁は漆喰塗りだが、一見すると石造りのように見える。家の中に、小さな螺旋《らせん》階段があり、以前はロシアの外交官が暮らしていたという。

カトリック教会に近いこともあって、大野工場を売った金で購入した。

大野を引き払う際には、従業員たちも周囲の農家の人々も、泣いて別れを惜しんでくれた。特にソヨは、コウの袖にすがって大泣きした。

レイモンは皆の前で宣言した。

「帰ってくる。かならず、ここを取り戻すよ」

大野工場から持ち出せた器具は、チョッパーと缶の巻締機だけだった。かつて太平洋を渡る前に、サンフランシスコで手に入れ、夫婦の暮らしを支えた素朴な道具だ。

哀しみは、まだまだ続いた。夫婦ふたりとも国籍を失ったのだ。

レイモンが生まれた当初、カールスバートはオーストリア・ハンガリー帝国が治めていた。その後、オーストリアが第一次世界大戦で負けたために、チェコスロバキアの領土へと変わった。

当時、レイモンは二十五歳で、シカゴのアーマー商会で働いていた。そのためにシカゴの領事館におもむき、チェコスロバキアの国籍を取得した。

コウはカールスバートで結婚した時点で、同じくチェコスロバキア国籍を取った。日本では二重国籍を認めなかったので、日本国籍は失った。

そして近年、ナチスの台頭によって、カールスバート一帯が、ドイツ領土に組み込まれたのだ。

レイモンもコウも東京のドイツ大使館まで出向いて、ドイツ国籍取得を申請した。しかし、かつてレイモンがヨーロッパ統一活動に尽力したことが問題視されて、申請は却下されてしまった。

すでにチェコスロバキア国籍もなく、夫婦だけでなく、フランチェスカまでもが無国籍になってしまった。

世界中、どの国も自国民を保護する。海外に出た時に、頼るべきは母国だ。そんな寄《よ》る辺《べ》が、コウたちには失われてしまったのだ。

当然、パスポートを申請する先もなくなり、日本から出ることすらできない。コウは夫がヨーロッパ統一に奔走した意味を、初めて理解した。生まれ育った地域が、二転三転して違う国になっていく哀しみなど、今までは想像もつかなかった。

翌昭和十四年になると、ヨーロッパで戦争が起きた。ナチス・ドイツが隣国のポーランドに侵攻し、ポーランドと同盟国だったイギリスとフランス両国が、ドイツに宣戦布告したのだ。

オットーからリンデには、たびたび手紙が届いた。ユダヤ人迫害はひどくなる一方で、帰ってきてはいけないという。

家の中の空気は暗かった。働くことが何より好きなレイモンは、何もすることがないのが本当につらそうだった。

さらに翌年になると、オットーから驚くべき知らせが届いた。ヒトラーがユダヤ人を根絶やしにすべく、大虐殺を始めたという。ユダヤの血が八分の一でも混じっていたら、強制収容所に送られてガス室行きだった。

コウには信じがたかった。

――ユダヤ人だというだけで、なぜ、そんなひどいことを？――

リンデは泣いた。帰国は不可能になったのだ。

レイモンがつぶやいた。

——リンデがドイツにいなかったことが、せめてもの幸いだった——

コウは、ふと思い出した。

——カールスバートで家を貸してくれた大家さん、ユダヤ人でしたよね。あの人たちは無事でしょうか——

レイモンもリンデも黙りこくっている。まず無事であるはずがなかった。

夏にはドイツ軍がパリを陥落させた。するとヒトラーの力に、日本人は憧憬の目を向け始めた。この勢いなら、ドイツはヨーロッパ全土を征服すると、たいがいの日本人が思い込んでしまったのだ。

レイモンは両拳を握りしめた。

——こんな形でヨーロッパを統一したって無駄だ。戦争は恨みを生む。かならず、また分裂を招く——

秋になると日本政府は、破竹の勢いのドイツと同盟を結んだ。ドイツと同じような独裁国であるイタリアも交えて、日独伊三国同盟が成立したのだ。

悪いことは、なおも続いた。祖母のチサが重い病に倒れたのだった。コウが見舞いに行くと、チサは病床で弱々しく言った。

「レイモンさんは今は仕事がなくて、つらいだろうけど、かならず風向きは変わるよ」

コウの手を握って励ました。

「あんたは、ひとりで天津まで行ったほど、向こう気の強い子だから、これからだって大丈夫さ。おばあちゃんは、あんたが、まだまだ頑張れるって信じてる」

コウは声を潤ませた。

「私が、おばあちゃんを励まさなきゃならない立場なのに」

「いいんだよ。私は、もう歳だし。でも、あんたは何があったって、レイモンさんを支えるんだよ。駆け落ちまでして、一緒になったんだから」

コウは涙を拭いて深くうなずいた。

それがチサとの別れになった。次に呼ばれて駆けつけた時には、もう冷たくなっていたのだ。

そして翌昭和十六年十二月八日、日本は真珠湾奇襲によって、アメリカとの開戦に踏み切った。

レイモンはつぶやいた。

――なぜ日本人には、わからないのだ。アメリカとの戦争が、どれほど無謀かが――

雪が深まり、年が改まって雪が溶け、芽吹きと花の季節が来て、短い夏が過ぎ、また雪が降り積もる。それを何度も繰り返した。

戦前は水色やピンクのペンキで華やかだった町家の二階が、いつしか灰色や黒に変わっていった。華やかな色合いのペンキが生産されなくなり、造船の塗料などを塗るしかなくなったのだ。街全体がくすんで見えた。

レイモンもコウも、することがない。戦争が終わるまでの辛抱と思い、大野時代の蓄えを取り崩して、細々と暮らした。

日曜日のミサだけが心の支えだった。かつてコウが相談を持ちかけたシュルブレナン神父を最後に、外国人神父は途絶えた。

神道が絶対視され、キリスト教自体が白い目を向けられる。それでも日本人の神父が、毎週日曜日にミサを執り行った。

コウは出かけようとして、自宅の玄関先に目の鋭い男が立っているのに気づいた。また別の日には別の男の姿がある。

配給の物資を受け取ろうとして列に並ぶと、背後で「スパイ」と噂する声が聞こえた。目の鋭い男たちが玄関先に立つ理由を、コウは理解した。レイモンにスパイ容疑がかかっているのだ。無国籍のうえに、満州での言動が、また蒸し返されているに違いなかった。

突然、憲兵に家の中に押し入られ、家探しをされたこともある。通信機でも隠し持っているのではないかと、疑われたのだ。

コウは震え上がった。何か罪をでっち上げられて、陥《おとしい》れられたとしても、自分たちには守ってくれる祖国すらない。

フランチェスカは真珠湾攻撃の年に小学校に入学しており、もう三年生になっていた。コウは幼い娘の身が気がかりで、毎日、送り迎えに出るようになった。

しかしフランチェスカは嫌がった。

「大丈夫だから、来ないで」

しかたなく行きも帰りも、そっと後をつけて無事を確認した。

ある下校の時だった。フランチェスカが上級生に取り囲まれた。

「おまえの父ちゃん、スパイなんだってな」

フランチェスカは果敢にも言い返す。

「スパイなんかじゃないもん」

だが上級生たちは煽《あお》り立てるように聞く。

「おまえの父ちゃん、何人《なにじん》だよ」

「ドイツ人よ。それが何なの？」

「いいや、ドイツ人のふりをしてるだけだべ。ドイツなら同盟国だから、スパイとして働きやすいと思ってんだろう」

「違う、違うってば」

「じゃあ、仕事もしないで何で食ってんだ？　スパイで稼いでるに決まってるべさ」

するとフランチェスカは半泣きになりながらも、上級生の胸ぐらに飛びかかっていった。すぐさま突き飛ばされる。

コウは思わず叫んだ。

「やめなさいッ」

上級生たちは慌てた。

「いけねえッ。スパイの女房だッ」

蜘蛛《くも》の子を散らすように逃げていく。

コウは娘に近づいて、立ち上がらせようと手を差し伸べた。

だが驚いたことに、フランチェスカは母の手を振り払ったのだ。

「放っといてッ。ついてくるのも、もうやめてッ」

ひとりで立ち上がり、泥だらけのスカートのまま、家に向かって走っていった。

その後も、フランチェスカのノートが、びりびりに裂かれ、裏表紙に「スパイのむすめ」と大書されていたこともあった。

西洋人との間に生まれた子ゆえに、差別を受けるかもしれないと覚悟はしていた。だが、こんなことで苛《いじ》めを受けようとは思ってもみなかった。

コウは泣いた。これほど悔しくて、哀しかったことはない。

かつてのレイモンの背信よりも、大野工場の強制買収よりも、祖母の死よりも、何より娘の難事がつらかった。

この件は夫には話さなかった。フランチェスカが生まれる前に、レイモンは「僕が守り通す」と言い切った。だが今は、どうすることもできない。ただ無力を嘆くしかないことを、耳には入れたくなかった。


暗い季節を三年半も耐え、とうとう終戦を迎えた。コウは四十四歳、レイモンは五十一、リンデは二十六歳、フランチェスカは十歳になっていた。

家族は穴蔵から這い出る思いがした。だが出てみれば、日本中が満身創痍《そうい》だった。長崎と広島の原爆投下を始め、都市という都市が空襲を受けた。

函館も青函連絡船が集中的にねらわれた。桟橋付近はもちろん、十二隻中八隻が沈められ、二隻が炎上、残る二隻が航行不能という壊滅状態だった。

食料は相変わらず配給制だったが、たちまち大門周辺や函館駅の南側に、闇市が立つようになった。

「レイモンさん、闇で豚肉を仕入れてくるから、ソーセージやハムを作ってくれねえか。闇市で売ったら、大儲けできるべ」

何度も持ちかけられたが、レイモンはきっぱりと拒んだ。闇で仕入れる肉など、品質が保証されない。そんな材料で作るわけにはいかなかった。

混乱していた国際郵便が復活した。ドイツからリンデ宛に最初に届いた手紙は、オットーの戦死の知らせだった。ドイツ陸軍に徴兵されて、激戦地に送られたという。リンデは声を上げて泣き崩れ、レイモンもコウも泣いた。レイモン自身が見込んで連れてきたマイスターであり、コウにとっては命の恩人だ。

あの時、迫り来る蒸気機関車の前で、背後から引き止めてもらわなかったら、どうなっていたかわからない。さらに教会に行けと諭してくれなかったら、きっとレイモンとは別れていた。

その後もドイツからの手紙は続き、とうとうリンデが天涯孤独の身になったことがわかった。家族が、ひとり残らず亡くなっていたのだ。

レイモンが言った。

——ずっと、ここに居ればいい。誰もいなくなった国になど帰ることはない——

リンデのおかげで、フランチェスカは日独のバイリンガルとして育った。暗い年月も一緒に耐えた。もはやリンデも家族同然だった。

進駐軍のアメリカ兵が上陸し、学校などに駐屯した。司令部は末広町のレストラン、五島軒《ごとうけん》に置かれた。

レイモンはコウを連れて司令部に出向き、大野工場の返却を求めた。アメリカ人なら理解してもらえると思ったのだ。

だが回答は期待はずれだった。戦争中に取り上げられたものなら、すぐに返却されるが、大野工場の場合は当てはまらないという。

アメリカ人の感覚では、真珠湾攻撃に始まる太平洋戦争こそが戦争だった。日華事変以降、中国大陸で戦闘が続いた八年間は、戦争中とは認められなかったのだ。

それでも取り返したければ、裁判に訴えるしかないという。

レイモンもコウも落胆しつつも、弁護士に相談し、裁判の準備にかかった。だが、まず最初に国籍を取らなければならず、道のりは遠かった。

その一方で、ハムやソーセージづくりも、良質な豚が手に入らず、やはり、なかなか手がけられなかった。

だが終戦から三年近くが経った頃、かつて大野で養豚を手がけていた農家の主婦が、新鮮な豚肉を持ってきてくれた。

「うちも余裕がなくて、なかなか持ってこられなかったけど、ようやく仔豚が育ったんで、まずレイモンさんのところにって思って、持ってきたんだァ」

レイモンは大きな両手で、農家の主婦の手を包んで礼を言った。

「ありがとう、ありがとう」

「うちの近所でも、仔豚が育ってるし、これからも、ちゃんと届けられるから」

新鮮な豚肉の供給先が確保され、ようやくレイモンは腰を上げた。

大野から持ってきたチョッパーと缶の巻締機を、まず物置の奥から取り出して、きれいに洗った。それからブリキ板と煉瓦で、裏庭に仮設の燻煙機を作った。

そして手に入れたばかりの豚肉を、チョッパーにかけた。取っ手をまわすと、塊が挽《ひき》肉《にく》になって出てくる。

そこからは前と同じく、レイモンはひとりで作業に入り、コウにも見せない。

気がつくと、裏庭から燻煙の香りが漂い始めた。昭和十三年に大野工場を取り上げられ、食肉加工を禁じられて以来、十年ぶりの香りだった。

ハムとソーセージが出来上がったのは、土曜の深夜だった。

翌日曜日は家族で教会に出かけた。昼前に戻って、コウはじゃがいもを料理し、ウィンナーソーセージを茹でた。

そして四人で食卓を囲んだ。レイモンがハムを切り、リンデが大皿からソーセージやじゃがいもを取り分けた。

祈りの後で、おのおのがナイフとフォークを使い始めた。

コウはソーセージを小さく切って、口に運んだ。懐かしい味と香りが、口いっぱいに広がる。

その時、フランチェスカが、甲高い声を上げた。

「なあに、これ？」

茶色がかった目を、まん丸く見開いている。

「こんなに美味しいものがあったの？」

大野工場を取り上げられた時、フランチェスカは、まだ三歳だった。以来、父親の作ったものを食べたことがなかったのだ。

フランチェスカは、隣に座っていたレイモンの腕をつかんで揺すった。

「こんな美味しいもの、皆に食べさせたい。うちのパパは、こんなに美味しいものを作るんだって、皆に自慢したい」

フランチェスカはスパイ扱いされた父親の名誉を、この味で回復したいに違いなかった。

「ねえ、ねえ、もっともっと作って。函館中の人が食べられるように、たくさん」

レイモンはうなずいた。

「わかった。たくさん作るよ。大野工場を取り戻す。それで、たくさん作るんだ」

その目には涙がにじみ、声も潤んでいた。

コウもリンデも泣いた。この十年、何度、泣いたかしれない。だが今度ばかりは違う。哀しさや悔しさの涙ではなく、心からの喜びの涙だった。

裁判所に訴えるには、それからなお三年の歳月が必要だった。

コウもレイモンの西ドイツの国籍を取得し、昭和二十六年九月、北酪社に対して、大野工場の返却を求める訴訟を起こした。北酪社は元の酪連だ。判決が出るのは、年も押し詰まった十二月十九日と決まった。

その当日、コウはレイモンとともに、函館地方裁判所の原告席で判決を聞いた。

法服姿の裁判長が高い席で告げた。

「では、判決を言い渡します」

かたずを呑んで、コウは次の言葉を待った。

静かな法廷に、裁判長の声が響き渡る。

「主文、原告の請求を棄却する。訴訟費用は原告の負担とする」

被告席と傍聴席にいた北酪社の社員たちが、歓声とともに立ち上がった。拳を振りかざして喝采する。

レイモンはうろたえて、肩を落とす妻に聞いた。

――裁判長は何て言った？　まさか負けたのではないだろうな――

負けたと伝えると、レイモンは激しく落胆した。

五万円という売却価格が、どれほど不当であろうとも、契約書を交わした点が重視されたのだ。「何が起きるかわからない」と恫喝《どうかつ》されたことは、証明する手立てがなかった。

手続きを終えて、夫婦で外に出ると、雪が降っていた。

レイモンは愛用のハンチングを目深にかぶり、古びたオーバーコートの襟を立てて、黙って先を歩く。丸い背中が余計に丸くなる。

コウは絶望感を引きずりながら、顔をおおうようにして角巻をかき合わせた。人の足跡で汚れた雪面を、雪下駄で踏みしめて、夫の後を追った。

ふたりとも黙りこくって、昭和橋の電停から路面電車に乗り、家の最寄りの十字街で降りた。

コウが電車通り沿いから、家に向かおうとすると、突然、レイモンが言った。

――ちょっと丸井今井に寄っていかないか――

丸井今井は家に向かう手前、南部坂と電車通りの角にある百貨店だ。

――何か買い物ですか――

――ああ、ちょっとな――

普段、レイモンは買い物など妻まかせだ。珍しいことがあるものだと思いながらも、正面玄関に向かった。

角に面した外壁が美しい曲面を描き、四階建ての頂上に、洒落たドームが載っている。

店内は歳末大売り出し中で、歳暮の品物を求める客で、ごった返していた。

レイモンは顔をしかめて、あちこち見まわしていたが、妻に聞いた。

――人混みは苦手だな。玩具売場はどこだ？――

フランチェスカのために、クリスマスプレゼントを買いに来たのかと合点し、コウは石づくりの階段を登って、夫を玩具売場に連れて行った。

すると玩具には見向きもせず、小さなプラスチック製のクリスマスツリーを手に取った。最近、流通し始めた香港《ホンコン》製だ。

――これだ、これだ。これを買おう――

そのまま店員に渡そうとする。

コウは慌てた。

――飾りは？――

――サラミでも吊るしとけばいいさ――

――そういうわけには――

手近にあった電飾の紙箱を、急いで店員に手渡した。

大野にいた頃は、クリスマスが近づくと、人の背丈を超すほどの針葉樹を山から伐《き》り出して、華やかに飾ったものだった。

それが今は外箱ですら、容易に腕に抱えられる大きさだ。

家に帰って箱から取り出し、螺旋階段の脇に立てた。電飾を巻きつけてみると、チカチカと点滅して、それなりに可愛い。

フランチェスカが学校から帰ってきて、歓声をあげた。

「あッ、クリスマスツリー、買ってきたの?」

「そう、パパが買ったのよ」

「へえ、なかなかいいじゃない」

もう十六歳になり、カトリック系ミッションスクールの白百合《しらゆり》学園に通っている。そんな歳になっても、季節の飾りつけが嬉しそうだ。

コウは夫の意図を理解した。裁判結果に絶望しても、娘の笑顔を見れば元気が出る。だからこそ、こんな小さなものでも、ツリーを買う気になったのだ。

その後、レイモンが小型のサラミを吊るし、手の器用なリンデが、レース編みのオーナメントを手作りした。コウはオンコの実を取ってきて飾った。オンコはイチイともいって、針葉樹に真っ赤な実が生《な》る。

夜になって電飾のスイッチを入れると、それぞれの飾りが、赤や青の光を受けて、かすかに揺れていた。

クリスマスイブには、家族揃って深夜ミサに出かけた。そして夜半に帰ってきて、また電飾のスイッチを入れた。

「おやすみなさい」

そう言って、フランチェスカが二階の自室に上がりかけた時に、レイモンが声をかけた。

――フランチェスカ――

フランチェスカは螺旋階段の途中で振り返った。

――なあに？――

――もうママから聞いたかもしれないが、大野工場は取り戻せなかった――

――聞いているわ――

フランチェスカはうなずいて、そのまま階段に腰を下ろした。レイモンは螺旋階段の柱に手をかけた。

――おまえに約束したよな。函館中の人が食べられるように、ハムやソーセージをたくさん作ると。でも、あれは無理になった――

レイモンはコウを目で示した。

――ママも五十歳になったし、パパは五十七だ。大野のような大きな施設を、一から作り直す気力は、さすがにないんだ――

――パパ、気にしないで。裁判で決まったんだから、仕方ないし――

レイモンは小刻みにうなずいた。

――函館中の人に食べさせるほどの量は作れない。でも――

顔を上げて、はっきりと言葉を継いだ。

――その代わり、函館中に評判になるようなハムやソーセージは作れる――

そしてコウを振り返った。

――今のまま手作りで、これからも小規模にやっていこうと思う――

再開以来、売れ行きは悪くない。そこで去年、倉が建っていた隣地を買って、下見板張りの平屋を建てて工房にした。以来、そこでレイモンは、ひとりで作業している。

――いちおう道庁の佐上長官さんは道内に養豚を奨励したし、酪農学校でも養豚を教えている。僕は、それなりに種は蒔《ま》いたと思う――

クリスマスツリーからサラミを一本、外した。

――ハムもソーセージも大量生産が始まっている。でも、どれも混ぜもの入りの偽物だ。こんな状況で、僕にしかできないことは何だろうと、裁判に負けてから考えてみたんだ――

サラミを手のひらに載せて、しみじみと眺めてから、しっかりと握った。

――それは、最高品質のハムやソーセージを作って、これこそが本物の味だと、手本を示すことだと思う――

今は安かろう悪かろうというものが、まかり通っている。だがレイモンは、本物の味を日本人に知らしめたいという。

――日本人の健康に貢献して、体格を向上させたい。美味しいもので幸せになってもらいたい。その道筋を示すことが僕に課された仕事だと思う――

大きな手を、もういちど開いた。

――この手で作れるだけの量に限って、最高のものを作るんだ。その味が広まって、いつか日本人の食生活は改善されるだろう――

そしてコウに笑顔を見せた。

――だから売ってくれるかい――

もう大野工場は返ってこない。大規模に生産はできないのだ。ならば気持ちを切り替えるしかなかった。

コウは笑顔を作って答えた。

――もちろんですとも――

北洋漁業は戦争中に中断していたが、レイモンが小規模生産を決めた翌昭和二十七年から再開し、また函館が活気づき始めた。

水色やピンクのペンキも生産されるようになり、街並みの色合いは華やぎを取り戻していった。

そんな復興と足並みをそろえるようにして、カール・レイモンの商品は驚異的に売れ始めた。

もはや直売店は持たず、十字街に近い、その名も十字屋という食料品店に販売を委託した。十字屋は何種類ものコーヒー豆や、トラピスト修道院で修道士たちが焼いたクッキーなど、こだわりの食品を扱っていた。

そこに毎週金曜日にハムやソーセージを納めると、開店前から行列ができるようになった。またたくまに完売だった。

増産を望む声は、あちこちから聞こえてくる。

そこで手伝いの女性たちを雇い入れた。大野の工場と同じように、肉をケーシングに詰めたり、ソーセージをひねったり、燻煙機に収めたりする仕事を任せた。

だが基本の部分は、かならずレイモンが自分で行った。そんなやり方では、週に二百五十キロの肉を加工するだけで精一杯で、それ以上の増産は無理だった。

すると大手のハムのメーカーが声をかけてきた。

「レイモンさん、わが社に来て、技術指導して頂けませんか」

だがレイモンは首を縦には振らなかった。大企業では思うような仕事が、できなくなるのが明白だった。

その代わり、もういちど道庁に畜産プランを提出した。当時とは状況も変わっており、新たな計画を練り直した。

大手メーカーはハムやソーセージの製造過程で、混ぜものをするのが常識だ。水や小麦粉などで増量する。また屑肉《くずにく》を固めた寄せハムというものも、よく売られている。豚肉ではなく、魚を使った魚肉ソーセージも、価格が手頃だし、柔らかいことから子供たちに人気がある。

だがレイモンは自分の作る製品が手本になって、いつか本物が広まる時が来ると見込んでいた。その時に材料の豚肉がなければ、どうにもならない。

だからこそ道庁に対して、もういちど大規模な畜産を提言したのだ。いくら技術指導を頼まれても、いい材料がなければ、いい製品は世に広められない。

しかし道庁の方針は変わらなかった。あくまでも北海道は酪農中心で、バターやチーズの産地を目指していた。

もはやレイモンは達観したように言う。

――まあ、種蒔きだ。とにかく種を蒔かなければ、芽は出ない。そのうち畜産も広まるだろう――

花嫁の父

昭和三十三年、二十三歳になったフランチェスカが、少し気恥ずかしそうに紹介した。

――こちらがシュペート先生――

コウは、娘が留学先のドイツから連れてきた若い医者を、ひと目で気に入った。背が高くて、優しそうな雰囲気だ。

リンデも満面の笑顔で、シュペートと握手を交わす。フランチェスカが幼い頃から、わが子のように育て上げただけに、好青年の結婚相手を連れてきたことが、とても嬉しそうだ。

だが若いふたりが家に入ってくるまでは、すぐそこにいたはずのレイモンが、いつのまにか姿を消していた。

コウはリンデに日本語で耳打ちした。

「ちょっと、呼んできて。きっと工房だわ」

リンデが隣の工房に走っていき、コウは茶を淹《い》れながら、シュペートとドイツ語で、さしさわりのない話をした。

しばらくしてリンデが戻り、フランチェスカが不安そうに聞く。

「パパは？」

シュペートの耳を意識して、たがいに日本語だ。

「今、忙しいから、後でって」

「忙しいって、何をしているの？」

「ハムの仕込み」

「ハム？　そんなことを今、やらなくたって」

フランチェスカは、今にも爆発しそうな怒りを、懸命にこらえている。

「じゃあ、ママが呼んでくるわね」

コウは慌てて立ち上がり、隣の工房に走った。

フランチェスカは白百合学園を卒業すると、東京の青山学院大学に進学し、その後、ドイツ留学を果たした。

そして現地でシュペートと恋に落ち、つい最近になって「結婚したいから函館に連れて行く」という手紙が届いたのだ。

それを読んだ日から今日まで、ずっとレイモンは不機嫌だ。

レイモンが人いちばい独占欲が強いのは、工房の手伝いをしている女たちでさえ、周知のことだ。

大事なひとり娘の恋人など、顔も見たくないに違いない。だが、わざわざドイツから来てくれたのに、父親が出てこないわけにはいかない。

コウは工房のドアをたたいた。

——早く来てください。フランチェスカが待ってますよ——

だがドアは鍵がかかっており、中からは返事もない。

コウは腹が立ってきた。

——あなたは、フランチェスカをリンデみたいにしたいんですか——

オットーが戦死したとわかってから、リンデには何度か縁談がもたらされた。昔のように外国人が多いわけではないために、出会いの機会が少ない。それを見かねた人が「いい人がいるんだが、会ってみないか」と話を持ちかけてくれたのだ。

だが、そのたびにレイモンが相手に文句をつけて、会わせもしなかった。リンデ自身、オットーの面影を大事にするあまり、今ひとつ乗り気にならない。その結果、すっかり婚期を逃してしまったのだ。

コウとしては、娘の結婚まで邪魔されてはたまらない。工房のドア越しに、懸命にかき口説いた。

――こんなことをしていると、フランチェスカにも嫌われますよ――

なおも返事はない。

――いつまでも出てこなければ、フランチェスカが来て怒鳴りますよ。パパなんか大嫌いって――

今まで父娘で口論になって、そう怒鳴られたことが何度もある。そのたびにレイモンは青菜に塩のように打ちひしがれる。大事なひとり娘に嫌われるのが、何より哀しいのだ。

それでも返事はなく、コウは諦めて住まいの方に歩き出した。

そのとたんに工房のドアが開いて、レイモンが外に出てきた。いかにも不機嫌そうに、妻を追い越して家の中に入っていく。コウは急いで後を追った。

家の中では、フランチェスカもシュペートも笑顔で迎えた。シュペートが丁寧に挨拶するのに、レイモンは返事もおざなりだ。

コウとフランチェスカとリンデの女三人がかりで、なんとか場を盛り上げた。

しばらく雑談が続いてから、シュペートが改まって言った。

――ドイツに帰ったら、結婚式を挙げたいと思っています。その時には、皆さんにも出席していただきたいので、ご招待させてください――

思ってもみなかった申し出に、コウはリンデと笑顔を見交わした。だが、それまで黙りこくっていたレイモンが、いよいよ不機嫌そうに言った。

――ドイツになど行かないぞ。僕には仕事がある――

コウは眉をひそめた。どこまで頑固なのか呆れるばかりだ。

するとフランチェスカが言った。

――じゃあ、こっちで式を挙げない？　そうすればパパも出席できるし――

レイモンが行かないと言うのを、とっくに見越していたらしい。

シュペートに向かって話す。

――そこの坂を登ったところに、カトリック教会があるのよ。私が洗礼を受けた教会だし、結婚式も、そこでやりたいわ――

するとシュペートは、レイモンとコウを交互に見た。

――僕は、それでもかまいませんけれど――

レイモンは答えない。コウは笑顔を作って言った。

――私も、もちろん、けっこうよ――

フランチェスカは父親に聞く。

――パパも、いいわよね。そうしない限り、娘の結婚式に出られないんだから――

レイモンは黙っているが、娘は取り合わない。

――じゃあ、そうするわね。今から神父さまのところに頼みに行かない？――

だが、さすがにシュペートは少し気後れしたらしい。

――でも話が急すぎないかい？　だいいち僕は式服を持ってこなかったし――

フランチェスカは軽くいなす。

――式服なんか、こっちのテイラーで作ればいいじゃない。いずれは結婚するんだし、ちょっと早まるだけよ――

コウは心の中で、すっかり感心していた。

フランチェスカは何もかも計画してきたに違いなかった。父親の反応など予測ずみなのだ。そうでもしない限り、まず結婚には踏み出せない。

ここは娘に協力しようと決めた。

――それがいいわ。今から教会に行ってきなさい――

フランチェスカは満面の笑みになり、恋人の手を取って出かけていった。

だが、ふたりが消えるなり、レイモンが怒り出した。

――あんな男。僕は、ぜったいに認めないぞッ。医者だかなんだか知らんが――

コウは夫と差し向かいで座った。

――どんなに親が反対したって、あの子は結婚しますよ。私がそうだったんですから。だいいち私に駆け落ちを勧めておいて、あなたは娘の結婚に反対できる立場ではないでしょう――

さらに踏み込んで言った。

――あなたは勝田旅館の前で、私の父に追い出されたことを忘れたんですか。私は忘れません。父が、あなたに失礼な態度を取ったことを、今も許していません。あなたはフランチェスカに、一生、恨まれたいんですか――

レイモンの肩から力が抜けていく。

――笑顔で祝ってやりましょうよ。そうしなければ、あの子は私みたいに、黙って飛び出していきますよ――

穏やかに諭すと、ようやく小さくうなずいた。

いよいよ明日は結婚式という日、フランチェスカとシュペートは、仕立て上がった式服を、テイラーに取りに行った。

だがフランチェスカが血相を変えて帰宅した。

「パパは？　パパはどこ？」

コウは娘の剣幕に何かあったと感づいた。

「パパなら工房だけど」

フランチェスカは、また外に飛び出していった。

ひとり残されたシュペートは、少し気まずそうにしている。

――何かあったんですか――

コウがたずねると、シュペートは困惑顔で答えた。

――式服の仕立てが、注文した翌日にキャンセルされてたんです――

――そんなことを、誰が？――

聞いてすぐに、答えに気づいた。

――うちの人が、キャンセルしたんですね――

シュペートは小さくうなずく。コウは青くなった。

――ごめんなさい。とんでもないことを、しでかして――

――いいえ、いいんです。やっぱり急すぎました。とりあえず僕は先に帰国しますので、ご家族で、ゆっくり話し合ってください――

その時、フランチェスカが大泣きしながら飛び込んできた。

「パパ、ひどいわ。勝手にキャンセルするなんて、ありえないわ」

工房でレイモンと口論になったらしい。

シュペートがなだめて、いったんは落ち着いたが、先に帰国すると伝えると、また泣き出した。

――私も一緒に行く。あんな父と話しても無駄よ――

だが結局、シュペートは泊まることさえ遠慮して、その日のうちに東京へと旅立った。

それからリンデも含めた女三人で、レイモンを説得したが、頑として首を縦に振らない。とうとうフランチェスカが冷たく言い放った。

「わかったわ。もういい。とにかく私はドイツに戻って、向こうで結婚式を挙げる。パパになんか来てもらわなくて、けっこうよ」

そして荷物をまとめ始めた。

コウは夫に言った。

「いいんですか。私の二の舞ですよ」

それでもレイモンは黙りこくっていた。


青函連絡船の桟橋の人混みで、コウはリンデとふたりで、娘との別れを惜しんだ。最後までレイモンはだんまりを貫き、いくら誘っても見送りに来なかったのだ。

コウは娘を抱きしめた。

「体に気をつけてね」

「ママも、元気で」

リンデはドイツ語で言う。

——幸せになってね——

——ありがとう。きっと幸せになる——

何度も抱擁を交わす。

乗船間際にコウが言った。

「パパのこと、許してあげてね。パパは本当は、自分の仕事を引き継いでもらえるような、お婿さんが欲しかったんだと思う。そうしたら、あなたと離れずにすむし」

「わかってるわ、ママ。パパのことは、よくわかってる。だって父娘《おやこ》だもん」

泣き笑いの顔になった。

「いつか、ドイツに遊びに来てね。リンデも一緒に」

乗船が進み、いつしか最後のひとりになっていた。船会社の社員が大声で促す。

「もう、ご乗船ください。船が出ますよ」

フランチェスカは涙を拭いた。

「パパに、よろしく言ってね」

そう言い置いて、何度も振り返りながら、連絡船に乗り込んでいった。

コウはリンデと並んで桟橋の手すりをつかみ、去りゆく娘の姿を見送った。

上野駅に着いたら羽田空港に向かい、そこからはスイス航空の南まわりで、何度も給油を繰り返しながら、ヨーロッパに向かう。すでにシュペートは帰国しているから、たったひとりの長旅だ。

かつてコウの天津行きには、誰ひとり見送りはいなかった。それから比べれば、まだ幸せかもしれない。それでも父親に祝ってもらえない旅立ちには、やはり心が痛む。一方で夫の寂しさを思うと、それも哀れだった。

出航の銅鑼が鳴り響き、エンジン音が高まって、巨大な船体が動き出した。少しずつ桟橋から離れていって、黒々とした海面が現れる。それが、どんどん広がっていく。

フランチェスカが、三階ほどの高さの船縁《ふなべり》に姿を現して、大きく手を振った。コウもリンデも見上げて、手を振り返す。

だが急にフランチェスカの表情が変わった。視線がコウの後方に向いている。それをたどって振り向くと、夫が全速力で走ってくるところだった。

レイモンは見送りの人垣をかき分け、息を切らしてコウとリンデの間に割り込んできた。そして手すりを両手でつかむなり、身を乗り出すようにして、声を限りに叫んだ。

――フランチェスカ、幸せになれよッ――

フランチェスカは泣き顔を大きくうなずかせた。

翌日、レイモン宛に手紙が届いた。差出人はフランチェスカだった。

――先に読んでくれ――

娘が怒りの手紙を寄越したのではないかと、怖くて読めないらしい。

コウは封を切って、文面を目で追った。ドイツ語の長い手紙だった。

――パパへ。

見送りに来てくれて、ありがとう。今、この手紙を連絡船の中で書いています。パパの気にそわない人と結婚することを許してください。

私がドイツに留学する前のことだけれど、うちで昔、お手伝いさんをしていたという人と、函館駅の待合室で、たまたま出会ったことがありました。ソヨさんっていう人です。覚えていますか。

ソヨさんは、私がパパとママの子だと気づくと、懐かしがって色々なことを教えてくれました。パパとママは駆け落ちで一緒になったとか、パパが浮気してママが怒ったとか。その時、パパが反省してママを待っていたのが、偶然にも、その待合室だったとか。でも、おかげで私が生まれたとか。ソヨさんも私も大笑いしました。

パパは、西洋人と日本人の間の子は、いじめられるから欲しくないって、言ってたんですってね。それを聞いた時、私は思ったの。パパは私が生まれる前から、私の未来を心配してくれてたんだなって。だって私、生まれてこなければよかったって、何度も泣いたことがあったから。

ソヨさんは、どれほどパパとママが苦労をしたのかも、よく知っていました。大野で一生懸命、頑張って、元町に来てからは一生懸命、耐えてたって。

私はパパとママの苦労なんか、考えもしなかった。自分ひとりが悲劇のヒロインみたいな気でいたけれど、それを聞いて、生まれてきてよかったなって、初めて思えたの。

だって、そんなに頑張って、育ててもらえたんだから。

ママに伝えてね。産んでくれてありがとうって。リンデにも伝えてね。育ててくれてありがとうって。

いつかパパが年をとって仕事を辞めたら、ママとリンデを連れて、ドイツに帰ってきてね。そしたら、また一緒に暮らせるから。

パパ、それまでは、きっと元気でいてください。私はパパが年とってから生まれた子だから、長生きしてくれないと嫌よ。

でもドイツで同居は嫌だから、私の住まいの近くに家を探しますね。

フランチェスカより——

コウは涙をこらえながら読み進んだが、同居は嫌というところで、とうとう笑いと涙が同時に吹き出した。

そして、ちり紙で洟《はな》をかんでから、夫に手紙を差し出した。

——大丈夫ですよ。フランチェスカは怒っていませんから——

レイモンは受け取って読み進み、号泣した。

翌日、工房の手伝いの女性たちが、コウに耳打ちした。

「今日のソーセージ、少し、しょっぱくないかい？」

「お塩、入れすぎたの？」

「そうじゃなくて、昨日、レイモンさん、ずっと泣いてて、何度も涙と洟水を手で拭いては、その手で肉をこねてたから」

「まあ、汚いじゃないの」

「私も、そう思って手ぬぐいを差し出したらさ、レイモンさんてば、これも旨味だって」

コウも女たちも手を打って爆笑した。

薄れゆく記憶

コウが毎朝、階下に降りるなり、犬たちが待ち構えて激しく尾を振る。大野にいた頃と同じように、元町でも何頭もの犬を飼っている。

コウは彼らをかき分けながら、縦長の上げ下げ窓から外をのぞき見た。家の前の通りが真っ白だ。

昭和五十七年の初雪だった。夜の間に降り積もったらしく、今は空が晴れ渡り、眩《まぶ》しいほど明るい。

窓辺に枝を伸ばすナナカマドの赤い実にも、ふんわりと雪が載っている。焦茶色の細枝と、枝分かれして実る真紅の小粒、そして白い淡雪の取り合わせが美しい。

コウは薪ストーブの前にしゃがんで、鉄の扉を開けて、マッチで火をつけた。細木が燃えて朱色の炎が上がるのを待ち、太い薪をくべる。ストーブの中で火の粉が散って、木の燃える香りが部屋に広がっていく。

部屋中が暖まるには、まだ時間はかかるものの、コウを取り囲む犬たちの体温で、寒さはしのげる。

もう北海道では、石油ボイラーによる集中暖房が人気だが、レイモンは薪ストーブにこだわって、変えようとしない。

すでにレイモンは八十八歳、コウも八十一歳になった。だがふたりとも、十歳どころか、十五や二十も若く見られることがある。

「若さの秘訣《ひけつ》は何ですか」

そう聞かれると、夫婦で同じように答える。

「本物のハムやソーセージを、長年、食べてきたからですよ」

ストーブの中に熾ができる頃になると、隣の工房からレイモンが戻ってくる。今日の下ごしらえが終わったのだ。

かすかな気配に犬たちが気づき、大喜びで尾を振る。玄関ドアが開いて、ハンチングにジャンパー姿のレイモンが姿を現すと、興奮は頂点に達する。

「ジッツ」

レイモンのドイツ語で、どんなに興奮していても、ドア近くにいる犬から、次々とおすわりをする。

レイモンは玄関脇に下がったリードをつかんで、手際よく犬の首輪につなげていく。コウも手伝い、すべての犬につながったところで、ドアを開ける。

まずレイモンが先に出て、犬たちが後に続く。外を歩きだしても、かならずレイモンが先頭で、その前に出る犬はいない。

コウは玄関先で夫と犬たちを見送ってから、袖の中に手を引っ込めて、早足で工房に入った。

そして玄関脇の石油ストーブに火をつける。レイモンは肉の温度が上がるのを嫌って、このくらいの寒さでは、早朝の作業にストーブを使わない。厳冬期になると、肉が凍るのを防ぐために火を入れるくらいだ。

ただし下準備がすめば、玄関脇のストーブをつけても文句は言わない。コウは手伝いの女性たちのために、部屋を暖めて、手を洗うための湯をわかしておく。

ストーブ上の洗面器から湯気が上がり始める頃、風呂敷包みを抱えた女たちが出勤してきた。

「おはようございます」

コウは笑顔で迎える。

「おはようございます」

女たちは肩に羽織っていた角巻を外してたたみ、風呂敷を開いて、持参の割烹着をつける。頭は手ぬぐいで姉さんかぶりで、足元はゴム長靴だ。

そして湯で手を洗いながら、いっとき、おしゃべりに花が咲く。

「しばれると思ったら、初雪だねえ」

「日陰の水たまりが、もう凍ってたさァ」

「五稜郭のお堀は？」

「あそこは、さすがにまだだァ」

「けど、薄氷くらいは張ってるべさ」

「どうかね。バスからは見えなかったけど」

それから奥の作業場に散っていく。手伝いの女たちは全部で七人だ。

その時、玄関ドアが遠慮がちにたたかれた。コウが開けると、男性がふたり立っていた。約束していた福田俊生《ふくだとしお》と島倉情憲《しまくらきよのり》だ。

「おはようございます」

コウは笑顔で手招きした。

「おはようございます。寒いから、入って、入って」

ふたりは少し及び腰で入りながら聞く。

「レイモンさんは？」

「犬の散歩」

「お留守中に入っちゃ、まずいんじゃないですか」

「大丈夫。今のうちに、ほかの人たちに紹介するから」

ふたりはストーブ脇でオーバーを脱いで、背広姿になる。さらに白衣と白い帽子を、鞄から取り出して身につけた。大企業に勤めていただけあって、作業着は真っ白だ。

コウは奥の作業場へのドアを開けて、中にいた女たちに声をかけた。

「前から話していた福田さんと島倉さん。今日から仲間に入りますから、よろしくお願いしますね」

福田も島倉も白い帽子を取って、深々と頭を下げた。

「皆さん、よろしくお願いします」

コウは玄関を振り返って、まだ夫が戻らないのを確かめてから、少し声を低めた。

「うちの人も納得はしているけれど、教えはしないでしょうから、できるだけ皆で協力して、ふたりに作り方を見せてあげてね」

女たちは全員、深くうなずく。

その時、外で犬の吠える声がした。どうやら散歩から帰ってきたらしい。

コウは福田と島倉にささやいた。

「主人に嫌な顔をされても、頑張ってくださいね」

福田が力強く答えた。

「覚悟の上です。頑張ります」

コウは玄関ドアを開けて外に出た。ちょうどレイモンが散歩から戻って、犬を家に入れているところだった。

近づいて背中に声をかけた。

「福田さんと島倉さんが来ていますよ。先に会いますか。それとも朝ご飯にしますか」

「メシ」

振り返りもせずに答える。案の定、機嫌はよくない。

朝食はコウが焼いたパンにハム、それにチーズとゆで卵に、コーヒーを添える。

レイモンは、そそくさと食べ終えると、工房に向かった。それ以上、コウは関わらない。

今でもレイモンは、やきもち焼きだ。コウが若い男性と話しているだけで、機嫌が悪くなる。こんな年寄りになって、今さらとは思うものの、とりあえず、後は福田と島倉に任せるしかない。

手伝いの女たちにも、その辺は伝えてある。それ以前に彼女たち自身が心得ており、レイモンの前では、ふたりには距離を置くという。

レイモンは福田たちを工房に入れることを承諾はしたが、なにしろフランチェスカの嫁入りの時のことがある。

あの時も、いったんはうなずいたはずなのに、テイラーへのキャンセルという奇策に出たのだ。今度も福田たちに対して、何をしでかすか知れたものではなかった。

そもそも日本ハムの社長である大社義規《おおこそよしのり》が、初めて元町の家に訪ねてきたのは、昭和三十年代の半ばのことだった。

レイモンは、まだ六十代後半で、大社は四十代半ばの精力的な社長だった。

「今度、旭川に工場を作るので、いちど、ご挨拶にと思って来ました」

そう言って名刺を差し出す。小柄で福々しい容貌が、どことなくレイモンと共通していた。

もともと四国の出身で、叔父の養豚業の手伝いを経て、二十七歳で徳島ハムという食肉加工会社を設立したという。その後、大阪に拠点を移し、同業者と合併して日本ハムを創業したのだ。

大社は熱く語った。

「今はプレスハムや赤ウィンナーくらいしか作れませんが、いずれは材料にも製法にもこだわって、本物のハムやソーセージを作りたいと思っています」

もともと養豚から創業しただけに、北海道の畜産に関しては、レイモンと話が合った。

その後も大社は会社を拡大し、昭和四十八年には日本ハムは業界最大手に躍り出た。

同時にパ・リーグのプロ野球チームも買収し、日本ハムファイターズを設立した。

昭和五十二年には函館の北、内浦湾《うちうら》沿いの八雲《やくも》に農場を作った。すると、また元町の家を訪ねてきて、レイモンに頭を下げた。

「もし、よろしかったら、わが社に技術指導に入って頂けませんか」

だが、どれほど報酬を示されようとも、レイモンは首を縦に振らなかった。

「大社さん、私は教えられない。私の手が、いいハムやソーセージを作る。ほかの人は作れないよ」

レイモンの手は、コウが出会った頃よりも、いっそう大きく、分厚くなっている。その太い指先に舌があるかのように、勘だけで作る。だから教えたくても教えられないというのだ。

だが大社は諦めず、何年かにいちどは現れて、説得を続けた。

「わが社の社員を、こちらの弟子にしてもらえませんか。優秀な技術者を寄越しますので、作るところを見せて頂くだけでも」

「弟子は要らない。私ひとりで作る」

「ならば別会社を作って、カール・レイモンのブランド名で、もう少しだけ量産できるようにしませんか」

いつかレイモンが老いて、カール・レイモンの味とブランドが途絶えることを、大社は惜しんでいた。

レイモンは大社が帰ってから、コウに言った。

——大きな会社は利益を第一にする。私の名前で、いい加減なものを作られるのは嫌だ——

かつてアメリカで巨大メーカーに勤めた経験があるだけに、警戒心が強かった。

ちょうど、その頃、ドイツにいるフランチェスカから航空便の手紙が届いた。そろそろ工房をたたんで、ドイツに来ないかという誘いだった。シュペートも待っているという。

レイモンは内心は嬉しそうなのに、表面上は毒づいた。

——年寄り扱いしおって。シュペートなんてやつの世話になるものか。まだまだ働けるんだからな——

そうして、レイモンが八十歳を過ぎた頃のことだった。コウはソーセージを食べて、あっと思った。味がしなかったのだ。明らかに塩を入れ忘れている。

レイモンも気づいて、口からはき出した。

——なんだ、これは？　誰が作ったんだ？——

コウは呆れて言った。

——あなたでしょうが。ほかに作る人はいませんよ——

――いいや、僕は、こんなものは作らない――

かたくなに認めようとしない。年をとって、いよいよ頑固になっていた。

とりあえずコウは、その週の出荷を止めた。

それからほどなくして、今度はしょっぱすぎるソーセージができてしまった。

今度はレイモンは怒り出した。

――誰だ？　こんなに塩を入れたのはッ――

そしてコウに訴える。

――僕は、ちゃんと作っている。後から誰かが入れたに違いない――

あまりに強く言い張るので、手伝いの女たちに聞いてみた。

「うちの人、最近、なんか変じゃない？」

すると全員がうなずいた。

「前から変なんですよ。塩を入れ忘れたり、香辛料を忘れたり。私らが気がついて『まだ入れてないですよ』って言うこともあるんだけど、昨日は、あっと思った時には、塩を二度も入れちゃって」

指摘しても「絶対に一回しか入れていない」と言い張り、どうにもできなかったという。

コウは愕然とした。もはや、ひとりでは作業できない状態だったのだ。

手伝いの女たちに、くれぐれも気をつけてやって欲しいと頼み、コウも出荷前には、かならず味見をするようにした。

昭和五十四年になると、レイモンは八十五歳で、サントリー文化財団の「地域文化賞」を受賞した。それまでも北海道や函館市から感謝状をもらったり、ドイツから勲章を受けたりもしていたが、全国的に注目されるのは初めてだった。ましてサントリー文化財団が設立されて、第一回目の受賞だった。

また大社が現れて言った。

「もはやカール・レイモンの名は、レイモンさんひとりのものではない。函館の、北海道の宝です。これを継承させてください」

大社は、ふたりの若い社員を連れてきていた。それが福田俊生と島倉情憲だった。

そして、またもや熱く語った。

「このふたりは優秀な社員ですが、日本ハムを退社して、カール・レイモン専門の別会社を作りたいと言っています」

場所は系列農場のある八雲を考えているが、日本ハムは新会社に口出ししないし、そもそも日本ハムとは関係ない会社にするという。

「だから、レイモンさんの好きなようにしていただいて、かまいません」

カール・レイモンのブランドを買い取った上で、生涯、レイモン本人を相談役として優遇するという。

コウは彼らが帰った後で、夫に言った。

――あのふたり、誠実そうですよね――

大社の話に、かなり心が動いていた。

ドイツ風のハムやソーセージが、日本にないわけではない。ビヤホールなどでは提供されている。

だがレイモンがいなくなったら、美味しいハムやソーセージが、函館から消えてしまう。それがコウには寂しかった。

昭和五十年代に入ってから、北洋漁業が急速に衰退を始めた。アメリカとソ連が北洋での領海を主張し、操業できる漁場がなくなってしまったのだ。

函館の街は活気を失いつつある。そんな時に、函館の看板商品がなくなるのは、コウとしては忍びない。函館の街を愛しているからこそ、そう思う。

それに、できることなら夫の名前を、後世に残したかった。

レイモン自身、自分の能力の衰えは、口では認めたがらなくても、自覚はしている。やはり心は動かされている様子だが、それでも承諾はしなかった。

そんな時に、またフランチェスカから手紙が届いた。高齢の両親が心配で、一日も早くドイツに来て欲しいという。

コウは夫に提案した。

——シュペートさんの世話にならないとしたら、お金も持っていかなければならないし、ここは大社さんの申し出を受け入れませんか——

レイモンは、今もフランチェスカには弱い。コウは、もうひと押しした。

——短期間でも福田さんたちに、作るところを見せてあげたら、どうですか。彼らにだって、いちおうの技術はあるんでしょうから、オットーの時みたいに、任せられるようになるかもしれませんよ——

するとレイモンが、もういちど大社に会うと言い出した。

大社は、また福田と島倉を連れて駆けつけてきた。

レイモンは三人を順番に見て言った。

「カール・レイモンの名前は、どうでもいい。それより本物のハムやソーセージを、広めてください。それが大きい会社の役目」

大企業なら日本全体の食のレベルを上げろという。

たしかに昔からレイモンが望んでいたのは、自分の商品を売ることではない。もっと大局に立った理想を持ち続けていた。

「大社さん約束するなら、福田さん島倉さん、うちに来てもいい」

大社は目を輝かせ、腰を浮かせて言った。

「本当ですかッ。やります。本物のハムやソーセージを、日本中に広めます」

レイモンが言い添えた。

「でも半年だけ。来年、私たちはドイツに帰ります」

コウは夫の意図を察した。レイモンは教えるのはもとより、作業を見られるのも嫌う。それを我慢するのだから、短期間で終えたいに違いなかった。

「それから、もうひとつ。私は教えない。ふたりは勝手に見る。それでいいでしょう」

大社が勢い込んで言う。

「もちろんです。職人は見て覚えるものですから。半年だけ見せて頂ければ充分です」

それから、ふたりの社員に確かめた。

「それでいいよなッ」

ふたりとも頬を紅潮させて、力強く答えた。

「もちろん、それでけっこうです」

結局、新会社を設立して、福田が社長を務めることに決まった。

そうして初雪の日に、福田と島倉が工房に現れたのだった。

出勤初日の帰りがけ、福田と島倉は住まいの方に顔を出した。

「奥さん、いろいろ、ありがとうございました。おかげで今日は、レイモンさんに追い出されずにすみました」

　コウは胸をなでおろした。

「そう。それなら、よかった」

「レイモンさんは朝は、いつも何時頃から仕事を始められますか」

「四時頃かしら」

「そうしたら明日は四時には来ます」

「でも、かならず四時とは限らないですよ」

「大丈夫です。待ってますから」

「電車も動いていないでしょう」

「近くに下宿しましたから、歩いて来られます」

　しかし今の季節、四時では真っ暗だ。かなり厳しい出勤になる。

　翌朝、コウは夫が部屋から出ていく気配で目を覚ました。カーテン越しに工房の玄関を見下ろすと、驚いたことに、雪あかりに、ふたつの人影が浮かんでいた。寒そうに背中を丸めて立っている。

　そこまでして習いたいのかと、コウは胸が熱くなった。

　するとレイモンが近づいていくのが見えた。ふたりは背を伸ばし、深々と頭を下げて挨拶している。

レイモンは、ふたりの背中を軽くたたいてから、工房のドアの鍵を開けた。そして鍵束からひとつ外して、福田に手渡した。どうやら「明日は、これで開けて入れ」と話しているらしい。

コウは、これでうまくいくと確信した。ふたりの誠意を、レイモンが受け入れたのだ。

だが、その後も気になって、コウは手伝いの女たちに聞いた。

「どお？　あのふたりは、うまくやっている？」

「だいたいのところは覚えたみたいなんだけど、塩と香辛料の分量がわからないんだわァ。入れたか入れないかくらいは、私らでも確認できるけど、レイモンさんは、ぱっと手でつかんで、ぱっと入れちゃうんで、どのくらい入れたかが、わかんなくてさ」

聞いても教えないという。

「その日の肉の状態で、そのつど量を決めるらしいんだァ。だから教えられないって。福田さんたちは困ってるんだけど、どうにもしてあげられなくてね」

コウは、ふと思いついた。

「そうしたら、朝、うちの人が工房に出る前に、お塩や香辛料の重さを量っておいて、帰りにも量ったら、どうかしら。減った分量がわかるでしょう。お肉の状態と量の関係も、よく見ておかないと駄目だけれど」

するとと女たちは手を打った。

図面を持ってきた。

「それ、なまらいい考えだわ。したっけ、明日、福田さんに教えてあげるべ」

そうして細かい問題が、ひとつずつ解決していく一方で、大社が八雲に建てる工場の図面を持ってきた。

だがレイモンは興味なさそうに一瞥しただけだった。

大社は困り果ててしまった。詳細なアドバイスを期待していたらしい。

そこでコウは古いトランクから、大野工場の図面を探し出してきて、広げて見せた。

「もう五十年も前の設備だから、参考にはならないでしょうけど」

するとレイモンが懐かしそうに眺めて、図面を指で示し始めた。

「ここで肉を細かくする。ここで混ぜる。ここでケーシング詰める。ここで棒にかける。燻煙機は、ここ。ハムは、こっちで、サラミはここ」

大社は、ひと言も聞き漏らすまいと、片端からメモを取ってから、満足そうに言った。

「後は、福田くんと島倉くんの意見も聞いて、いい工場を建てます」

そうして大張り切りで、八雲の現場に向かったのだった。

翌昭和五十八年の雪解けから、工事が始まり、早くも初夏には完成した。

社名は「株式会社　函館カール・レイモン」と決まり、コウは夫とともに新工場を見に行った。

どの部屋も広くて明るく清潔で、蛍光灯の下でステンレスの作業台が輝いていた。チヨッパーもミキサーも、ケーシングへの注入器も燻煙機も、何もかも最新のものが何台も用意されている。

オートメーション化はせず、あくまでも手作りにこだわって、販売店も十字屋や丸井今井など、数箇所に絞るという。

今まで元町の工房で働いていた女たちは、全員、こちらで雇われることが決まって、大喜びしていた。

函館に帰る列車の中で、コウは夫につぶやいた。

──あなたの涙や湊水で味つけしてこそ、うちのソーセージって気がしましたよ──

新品の道具が悪いわけではないのに、暗くて狭い元町の工房で作るからこそ、カール・レイモンの製品のように思えた。

──今頃、わかったか──

レイモンは勝ち誇ったように笑い、コウは、しみじみと言った。

──確かに、うちの製品は、涙の味がするかもしれませんね。哀しい涙だけじゃなくて、私たちの嬉し涙も、たくさん込めてきたし──

新会社の操業開始を見届けてから、コウはレイモンとリンデと三人で、西ドイツへと旅立った。

夫婦は懐かしのカールスバートに行ってみたかったが、足を踏み入れることはできなかった。

第二次世界大戦前、カールスバート周辺はドイツに組み込まれた。コウたちが国籍を失った時だ。

だが大戦でドイツが負けた結果、ふたたびチェコスロバキアの領土に戻った。地元の人々のドイツに対する嫌悪は激しく、その区域からドイツ系の住民は、すべて追い払われた。

さらにチェコスロバキアは共産圏に入った。そして戦後すぐから始まった東西冷戦の影響で、西側の人間となったコウたちには、固く門戸を閉ざしてしまったのだ。

かつて浮気騒ぎの時に、レイモンは言い放った。

——君にはわからないのさ。国を追われる立場や、自分の国が変わってしまう哀しさ、家族がばらばらになる情けなさなんて——

あれから自分たちは大野から追われ、元町での息を潜めるような年月を過ごした。その試練ゆえに夫婦の結束は高まり、いつしかコウは夫を許していた。

レイモンがヨーロッパ統一を目指した理由も、長い人生の中で、少しずつ理解できてきたつもりだった。だが国土や人が変わってしまう事態に接して、今まで理解した部分など、ごく一部なのだと、コウは思い知った。

結局、夫婦とリンデは、フランチェスカの住むミュンヘンに落ち着いた。フランチェスカとシュペートの間には、娘ふたりが授かっていた。そしてレイモン一家とは、まさにスープの冷めない距離での暮らしが始まったのだ。

レイモンは函館にいた頃、仕事の手順を少し間違える程度だった。しかし暮らしの環境が激変したせいか、思考の乱れが目立つようになった。

ミュンヘンの目抜き通りを歩いていて、突然、目を輝かせて言い出した。

――見てごらん。日本人は、こんなに体格がよくなった。僕のハムやソーセージを食べたおかげだ――

さらに朝、まだ真っ暗なうちに起き出して、工房はどこだと騒ぎ出す。

――ここは函館じゃないんですよ。ドイツに住んでいるんですよ――

そう言い聞かせると、レイモンは嘆いた。

――函館に帰りたい。函館で仕事をしたい――

コウは気が重くなるばかりだった。そんな夫の姿を人に見られたくなくて、外に出かけなくなった。

リンデが心配して、しきりに外出を勧めたが、コウは首を横に振った。

――それなら主人を連れて出かけて。私は家にいるから――

外出自体が億劫《おっくう》だった。それにドイツ語が聞き取れないのも衝撃だったのだ。

かつてカールスバートにいた頃、ドイツ語を母国語にする人同士の会話には、ついていかれずに疎外感を抱いた。

でも日本に帰って以来、レイモンやリンデとの会話はドイツ語だった。だから、すっかりドイツ語は身についていると錯覚していた。

しかし、それは馴れた相手だったからであり、やはり他人の会話には、踏み込めないものを感じた。

外出しなくなると、フランチェスカが来て言った。

「パパだけじゃなくて、ママも変よ。家に閉じこもって」

「いいのよ。もう歳なんだから、外になんか出なくたって」

その夜、また夫が言い出した。

――函館に帰りたい。函館で仕事をしたい――

コウは腹が立って言い返した。

「私だって我慢してるんだから、あなたも我慢してくださいな」

すると翌日、フランチェスカが来て、コウに聞いた。

「ママも函館に帰りたい？」

コウは強がりを口にした。

「私は、別に」

「でも、ここにいることに我慢してるんでしょ？　昨日の夜、パパと言い合いをしたって、リンデから聞いたわ」

フランチェスカは、青と赤の斜めの縁取りがある航空便を、ポケットから取り出した。

「これ、八雲の福田さんから返事が来たの。パパとママを、もういちど函館で受け入れてもらえないかって、私から打診したら、ぜひ帰ってきて欲しいって」

レイモンには教えてもらいたいことが、まだまだあるので、相談役に迎えるという。

「それにパパったら別れ際に、また帰ってくるって宣言したんですって。だから福田さんたちは、そのつもりだったそうよ」

元町の家も、新会社で買い取ってくれたが、手つかずで置いてあるという。

「あれほどパパが帰りたがっているのなら、帰してあげたい。リンデも一緒に函館に戻って、面倒をみてくれるって言うし」

リンデは六十代半ばで、まだ老け込む歳ではない。

「パパは時々、わけのわからないことを言うけれど、ママのことは心配してるのよ。結局、パパが異邦人である方が、上手くいくんだって」

切々と説かれて、コウは娘の心づかいを受け入れた。

「ありがとう。それなら函館に帰らせてもらうわ」

わずか半年のドイツ滞在となった。

元町の家は、家具類に少し埃《ほこり》が溜《た》まっていたが、出ていった時のままだった。犬たちは八雲工場の敷地の外れで、大きなケージに入っていたが、レイモンが行くと、いまだかつてないほどの大喜びで迎えた。

会社でも約束通り、社員たちが大歓迎してくれた。それでもレイモンには新工場の居心地はよくなかったらしい。

元町でなら、何もかも自分のペースでできたが、組織の中では、そういうわけにもいかない。さすがに体力の衰えも自覚したらしく、翌昭和五十九年、九十歳で引退した。

それからは犬の散歩が日課になった。コウは夫が転びでもしないかと心配で、リンデと交代で付き添った。

住まいと工房の並びは、函館ならではの和洋折衷の町家が並ぶ。皮肉にも、景気が悪くなったおかげで建て替える人が少なく、その結果、風情ある建物が残っている。

大三坂の角まで来ると、坂道の上に教会の尖塔が現れる。それを見上げながら登り、カトリック教会を過ぎると、急に道幅が狭くなる。

そこからは勾配もきつくなって、チャチャ登りと名を変える。チャチャとは老人を意味し、あまりの急坂で、誰でも老人のように腰を曲げて登るという意味だ。

チャチャ登りはハリストス正教会と、聖ヨハネ教会の石垣の間を抜けて、元町のもっとも高い場所へと続く。そこから上は函館山の森だ。

高台まで至って振り返ると、眼下には絶景が広がる。大三坂が真っ直ぐに延び、近景には教会と樹木がそびえ、その先には町家の色とりどりの屋根が連なる。

坂の突き当たりは函館港だ。積雪の時期は道は真っ白で、晴れた日には、海が空の色を映しこんで青く輝く。

函館湾は見事な弧を描き、さらに遠景の対岸には、薄灰色の山並みが連なる。その稜《りよう》線《せん》の先には美しく冠雪した駒ケ岳も望める。

レイモンの散歩の行程は、その日によって異なる。たいがいは函館山の際を西に向かって、公会堂の前を過ぎ、時には旧ロシア領事館や造船所の方まで足を延ばす。

また時には東に向かい、函館山ロープウェイの下をくぐって、緑濃い護国神社や、函館公園に至ることもある。

ロープウェイはフランチェスカが嫁いだ年に開業した。その頃から観光客が増え始めていた。

レイモンは散歩の途中で、ロープウェイを見上げて言った。

――今は観光客は、函館の街を目当てに来るけれど、いずれは北海道の田舎にも行くよ。広々とした田園風景は、観光地としての価値が高いからね。先々、観光は、北海道の主要産業のひとつになるはずだ――

ちょっとした遠出をすることもあった。軽三輪のミゼットを愛車にしており、コウとリンデを乗せて、ちょこまかと運転する。

いちばん好きな場所は、女子修道院のトラピスチヌ修道院だ。天使や聖人の像がたたずむ前庭で、山鳩に餌を撒くのが楽しみのひとつになった。


引退してから三年後の昭和六十二年十月、レイモンは九十三歳になっていた。

その朝も、コウは散歩につき合った。家の前まで一緒に戻ってきて、先にレイモンが犬を促して玄関に入った。だが玄関ドアが閉じたとたんに、犬たちが吠え始めた。

コウが妙だと気づいて慌ててドアを開けると、倒れている夫の姿が目に飛び込んできた。夢中で駆け寄り、その場にひざまずいて、手首を握った。

「あなた、あなたッ、しっかりしてくださいッ」

脈はあるが、目を開けない。

リンデも気づいて、自室から螺旋階段の上に飛び出してきた。コウは見上げて叫んだ。

──リンデ、うちの人を、お願い。動かしたら駄目よ──

リンデが階段を駆け降り、コウは黒電話に飛びついてダイヤルをまわした。

「救急車をお願いしますッ。主人が倒れました。元町のカール・レイモンです」

すぐに近くの市立函館病院に担ぎ込まれ、一過性の脳梗塞と診断された。

意識は戻らなかった。医者に身内を呼ぶように言われて、コウはミュンヘンに国際電話をかけた。高額な電話料金をはばかって、早口で告げた。

「フランチェスカ、よく聞いて。パパがね、倒れたの。もう長くないらしいから、もし会いたかったら、すぐに帰ってきて」

フランチェスカは夫と娘たちを伴って、すぐさま飛んできた。

だが呼びかけても、目を開ける気配はなく、フランチェスカは病室で泣き崩れた。

それからレイモンの状態は落ち着いたが、意識不明は続き、長丁場になるかもしれないと、医師に宣告された。

コウが夫の病室に詰めていた時だった。フランチェスカが大股で病室に入ってきて、バッグから何かを手荒く取り出した。

「これ、何？　スーパーマーケットに行ったら、売ってたんだけど」

それは小袋入りのウィンナーソーセージだった。

「ああ、シャウエッセンね」

コウは軽い口調で答えた。

「かなり売れているのよ。一昨年《おととし》、発売になったんだけど、一年間で百億円ですって」

「ひゃくおく？」

フランチェスカは眉をひそめた。

「これ、日本ハムが作ってるんでしょ？」

「そうよ。大社さんは大張り切り」

「ママ、それでいいの？　これって、うちのパパの技術を盗んで、真似して作ったんじゃないの？」

しだいに声が高まる。

「一昨年に発売ってことは、函館カール・レイモンの会社ができて二年後でしょう？その間に、日本ハムの方で大量生産できるようにしたんだわ」

コウは人差し指を口元に立てた。

「病院よ、静かになさい」

フランチェスカは、いよいよ憤慨した。

「ママったら、人がいいにも程があるわ。こんなことされて、腹が立たないの？」

コウは首を横に振った。

「誤解しないで。これはパパが望んだことなのよ」

そして大社との約束を話して聞かせた。

「パパはね、カール・レイモンの名前なんか、どうでもいいって言ったの。名前にこだわったのは私よ。パパは大社さんに、日本に本物を広めて欲しいって頼んだの。それが大企業の役目だからって」

　フランチェスカは驚いて、何度もまばたきをした。それでも納得がいかないらしく、なおも母親に食ってかかった。

「でも、こんなもの、本物であるはずがないわ。パパの真似しようったって、できっこないもの」

「真似たかどうかなんて、どうでもいいの。多少は影響したかもしれないけれど、大量生産するためには、かなり独自の工夫をしたと思うわ」

　大社はシャウエッセンの発売前に、元町の家に商品見本を携えて来たのだ。

「パリッとした食感にこだわりました。自信作です」

　レイモンは指先で軽くつまんだだけで、口にはしなかった。ただ大企業としての努力は、認めている様子だった。

　コウはレイモンのベッドに近づいた。

「パパはね、いつも大きなことに目を向けてたのよ。ヨーロッパの統一とか、北海道の畜産計画とか、日本人の食生活の改善とか。でも大野工場を取り上げられた時に、気づいたのよ。壁が高くて、とても、ひとりじゃ乗り越えられないって。だから、せめて、お手本になるものを作ったの」

　枕元に立って夫の顔を見つめた。

「最終的には、それを大社さんに託したのでしょうね。だから、ある意味、パパが追いかけた理想が、そのソーセージとして実を結んだって、ママは思っているわ」

しだいにフランチェスカの怒りは収まっていった。そして深い溜息をつき、コウとは反対側の枕元に立った。

「私はね、高校生くらいの頃、パパが大嫌いだった。自信家で頑固で、押しつけがましくて、嫉妬深くって、身勝手で、子供っぽくて。でもね」

フランチェスカは、かすかに頰を緩めた。

「大人になったら、なんだか、そんな子供っぽいパパが、可愛く思えてきたの」

そして枕元にひざまずいて、意識のない父親に語りかけた。

「でもパパって本当は、すごい人だったのね。私が思ってたよりも、ずっと立派な志を持ってた人。そんなことに、今の今まで気づかなくて、ごめんね。でも、そんなパパが、心から誇らしいわ」

その時、コウは驚いた。レイモンの閉じたまぶたの際に、光るものがあったのだ。

フランチェスカも気づいて叫んだ。

「ママ、見て、パパが」

明らかに涙がにじんでいる。

フランチェスカは上掛けをつかんで、必死に呼びかけた。

「パパ、パパ、聞こえてるの？」

反応はない。

コウが代わりに答えた。

「聞こえているのよ。大事な大事なひとり娘だもの」

するとフランチェスカは、動かぬ父親に向かって、なおも語りかけた。

「パパ、ありがとう。いつだってパパは、私の頼みを聞いてくれたわよね。お嫁に行く前に、私は怒って家を出ていって、連絡船の中で手紙を書いて。でも謝りもしないで、ただドイツで一緒に住もうとか、長生きしてねとか、勝手なことばかり書いたけど、ちゃんと聞き届けてくれた」

涙声で、感謝の言葉を続けた。

「長生きしてくれて、ありがとう。優しくて立派なパパの娘で、本当によかった」

そしてフランチェスカは、父親の大きな手に頬をすり寄せた。

「パパ、大好きよ」

その時、レイモンの目尻から一筋の涙がこぼれて、耳の方に流れ落ちた。

カール・レイモンが臨終を迎えたのは、倒れてから、ひと月あまり後の十二月一日。

最後にコウが握った夫の手は、甲に深く皺《しわ》が刻まれ、分厚かった手のひらは、心なしか薄くなっていた。

その死は青函トンネル完成の翌月だった。

それから三年後、コウも脳梗塞で倒れ、手足の自由が利かなくなった。

コウは、急いで帰国してきたフランチェスカに頼んだ。

「リンデをドイツに連れて帰って。それで、きちんとした施設に入れてあげて。あなたの育ての親も同然だから」

コウは八十九歳、リンデも七十歳を過ぎて、あちこち体の不調を訴える。これ以上、リンデの手を煩わせる訳にはいかない。

フランチェスカは怪訝そうに聞く。

「ママも一緒でしょ？　ひとりじゃ置いていけないもの」

「私はね、前から決めていたの。終《つい》の住まいは『旭ヶ岡の家』にしようって」

「旭ヶ岡の家」は日本初の個室老人ホームだ。元町カトリック教会に赴任していたフランス人神父が「老年期は人生最高のバカンス」というコンセプトで、十三年前に建てたのだ。

コウはフランチェスカと一緒に、改めてタクシーで行ってみた。

函館空港の北にトラピスチヌ修道院がある。レイモンと一緒にミゼットに乗って、よく足を運んだ女子修道院だ。

その登り口を過ぎて、さらに倍ほどの距離を北上すると、旭岡町《あさひおかちょう》に至る。

タクシーは緑濃い山道を分け入って進み、フランチェスカが心配そうに聞く。

「こんな山奥なの？」

ふいに森の中に聖人の像が現れ、山道を登りきった先に「旭ヶ岡の家」が建っていた。

タクシーを降りると、コウは杖《つえ》を突き、娘の手を借りて駐車場の端まで進んだ。

「ほら、函館山が見えるでしょう」

「本当だわ。海岸線もきれいね」

「この眺めも気に入ったのよ」

よくレイモンと散歩をした頃、チャチャ登りの高台から北を向くと、遠景に山並みが連なって見えたものだ。旭岡町は、その裾野に位置する。さえぎるものがないので、こちらからは函館山と街が見通せるのだ。

「旭ヶ岡の家」の玄関を入ると、ホールのただ中に、樹木をイメージした煙突があり、円形の暖炉が据えられている。洒落たデザインの暖炉で、周囲には車椅子の老人たちが集まって、おしゃべりを楽しんでいた。

壁には気の利いた絵画が飾られている。「旭ヶ岡の家」の職員が説明してくれた。

「ここを創られたフィリップ・グロード神父さまが描かれた絵です。フランスのご出身のせいか、センスがよくて、絵もお上手で」

施設内にはピアノや大画面の映写室、温泉、美容院まで設けられている。また生け花など、趣味の教室も充実していた。

フランチェスカは、すっかり気に入った。

「老人ホームって言うから、どんなに暗いところかと思ったけど、ここなら素敵。ママを安心して預けられるわ」


コウが入居したと聞いて、福田と島倉が様子を見に来てくれた。

あれから函館カール・レイモンの本社は、八雲から函館に移転した。鈴蘭丘町《すずらんおかちょう》という新しい工業団地ができたのを機に、その一角に新工場を建てたのだ。コウの住む旭岡町から、谷を一本隔てた丘陵地だ。

福田たちは、できたてのソーセージを、山ほど持ってきてくれた。厨房で茹でてもらい、入居者も職員も賞味した。

誰もが美味しいと褒める中、福田は少し照れた。

「レイモンさんが生きてらしたら、まだまだだって言われたでしょうね」

コウは、ゆっくりと味わってから言った。

「あの人の作ったものはね、いつも同じではなかったのよ。本人は本物の味を、ずっと守り続けてきたって、威張っていたけれど」

大野工場時代はオットーに任せきりだったし、当時なりの大量生産を目指していた。だから、それ相応の味だった。

「あの人が、いちばん力を入れたのは、やっぱり元町で評判になった頃よ。世の中のお手本になるものを作ったのだから」

コウは福田と島倉を交互に見た。

「あなたたちもレイモンから受け継いだ製法や味に、かならずしもこだわる必要はないと思うの。味が落ちては困るけれど、その時代、その時代で、最高の材料を使って、最高に美味しいものを作ってくださいな」

コウは食のレベルが高まって、かつてレイモンが作っていた味に、世の中が追いつく日が来るような気がしている。だからこそ福田や島倉には、常に高みを目指してもらいたかった。

「カール・レイモンの名前を、大事にしてください。この先も、ずっと」

福田も島倉も深くうなずいた。

「わかりました。かならず日本で最高のものを、常に作り続けます」

それからコウは自室の窓から、函館山と海と街とを眺めて暮らした。彼の地で暮らした日々を、まだらに思い出す。

犬たちを連れて、散歩に出かけるレイモンの丸い背中が、いちばんよく脳裏に浮かぶ。裁判で負けた日に買ったクリスマスツリーは、いつのまにか失ってしまったが、今も目をつぶれば、まぶたによみがえる。チカチカと点滅する電飾がからんだ、プラスチック製の小さなツリーだ。

ソヨのことも、たびたび思い出す。あの時、ソヨが便所に行きたくならなかったら、レイモンとは別れていたかもしれない。今では笑い話だ。

もし離婚していたら、その後の試練の歳月はなかったはずだ。でも、あの暗かった時期があってこそ、人々が列をなして商品を買ってくれた日々が、輝いて見える。

老いを迎えて、ひとり残された寂しさがないわけではない。でも人生は山があり、谷があり、さらに果てがあるからこそ、なんでもない日常が大事なのだと思う。

今や夫は、海沿いの外国人墓地に眠っている。ふたりで初めて外国人墓地を訪ねた時に、レイモンが、いつか自分はここに葬られたいと言い出した。

コウは、そんな話は縁起が悪いと嫌がったが、レイモンは街の方向を振り返って言った。

——こんな素敵な街で、ハムやソーセージの店を開いて生きていかれれば、いい人生が送れそうな気がする——

それなら私も一緒のお墓にと、コウは望んだのだ。それも甘く遠い思い出だ。

「旭ヶ岡の家」での暮らしが長く続き、しだいに思い出と現実との境が、曖昧になっていった。

そんな時に、フランチェスカが見舞いに来てくれた。コウは、自分の車椅子のかたわらにしゃがんだ娘に向かって、か細い声をかけた。

「フランチェスカ」

するとドイツ語が返ってきた。

――おばあちゃん、私はイザベルよ。おばあちゃんの孫で、もう二十六歳になったの。おばあちゃんの娘のフランチェスカは、私のママよ――

近くにいた女性を目で示す。しかし、それはコウの記憶の中のフランチェスカとは違っていた。

その女性は、イザベルとは反対側にしゃがんで言った。

「あのね、ママ、とうとうヨーロッパの国々は手を結んだのよ。EUっていって、通貨がひとつになって、出入国も自由になったの。パパの理想が、またひとつ実を結んだのよ」

コウは薄ぼんやりと理解したが、もう言葉を発するのも億劫になっていた。

イザベルが立ち上がった。

――おばあちゃんのために、ピアノを弾くから聞いてね。ほかの人たちにも聞いてもらうから――

「旭ヶ岡の家」では時々、小さなコンサートが開かれる。イザベルも大勢の入居者たちの前で、ホールのピアノの椅子に腰かけ、美しい曲を弾き始めた。

だが耳が遠くて、途切れ途切れにしか聞こえない。そのうちイザベルが、またフランチェスカに思えてきた。

何もかもが夢心地だった。

フランチェスカが次女のイザベルを伴って「旭ヶ岡の家」を訪ねたのは、平成八年四月二十二日だった。

翌年十一月二十五日、コウは最期の時を迎え、駆けつけたフランチェスカたちに見守られて、眠るように息を引き取った。明治、大正、昭和、平成と生き抜いた九十六年の生涯だった。

遺骨は、九十三歳で亡くなったレイモンと、同じ墓に葬られた。ふたりで初めて外国人墓地を訪れた時のコウの望みは、長い長い歳月を経て、とうとうかなえられたのだ。

コウが世を去った翌年、北海道新幹線の新駅の現地調査が始まった。函館の最寄りで、新幹線駅として検討されたのは、ほかでもない本郷駅だった。

コウたちが大野を去った頃から、鰊漁が衰退し、駅前は寂れていった。駅名は渡島大《おしまおお》野《の》へと変わり、一時は無人駅になって、周辺は田畑に戻ってしまった。

だが新幹線の駅として生まれ変わり、駅名も新函館北斗《ほくと》と改称したのだ。今は、かつてカール・レイモンの工場があったことを示す案内板が、ひっそりと立っている。

一方、元町の工房は、いつしか木造の老朽化に耐えきれなくなり、ドイツ風に建て替えられた。一階がハムやソーセージの直売店になり、二階はカール・レイモンの資料館として公開されている。

住まいだった建物は、その隣で、今も静かなたたずまいを残している。

北海道を訪れる観光客は、今や函館や札幌のような都会に限らず、内陸の美しい田園にも足を延ばす。それは函館山ロープウェイの下で、レイモンが予測した光景にほかならない。

あとがき

私には函館の街に特別な思い入れがある。長年、連れ添ってきている亭主は、学生時代を函館で過ごしていたし、結婚を決めたのも函館だった。ただし作中のようなロマンチックなシチュエーションは皆無で、「で、どうする?」がプロポーズの言葉だった。

結婚後、札幌で暮らした時期もあり、私は小さな建築事務所に勤めた。そこは建物の設計よりも、まちづくりが得意な事務所で、函館市役所の町並み保全計画づくりを請け負っていた。

作中にも出てくる、二階が洋風で一階が格子戸の和風という伝統的な町家を、元町など函館山のふもとで守っていく取り組みだった。当時は、そういった町家が、あっけなく取り壊され、一夜にして更地になってしまうようなことが起きていたのだ。

その事務所は町並み保全の一環として、元町倶楽部《クラブ》という地元の旦那衆と協力し、ボランティアで町家のペンキ塗りも始めた。夏休みに北大建築の学生や函館工業高校の建築の生徒たちに集まってもらい、ペンキのはげた二階部分を塗り直すプロジェクトだ。

私の役目は活動報告のニュースレターづくり。毎年三〜四軒ずつ塗り替えられて、少しずつきれいになっていく町並みを取材して、記事にするのは楽しい仕事だった。だが四〜五年ほど続けた後に、わが家が東京に引っ越したため、函館のまちづくりからは離れてしまった。

　四十代後半で歴史小説家としてデビューすると、また函館に足を向けるようになった。幕府海軍をテーマにすることが多く、幕末の開港や箱館戦争などを取材しに出かけたのだ。そういう幕末小説を書く時にでも、たいがいは家族の視点を取り入れるようにしている。また近代の夫婦小説や家族小説も好んで書く。

　わが家には娘がふたりいる。どちらも自己主張が強いので、プロポーズに「で、どうする？」と聞くようなわが亭主と、派手な父娘バトルを繰り広げたり、逆に父娘で仲良く呑みに出かけたり。お嫁に行った今でも、いろいろ小説のネタを提供してくれる。

　私の小説のモデルは歴史上の人物であると同時に、私自身であり、私の家族でもある。『レイモンさん　函館ソーセージマイスター』は、そんな公私にわたる経験の積み重ねの上に書いた作品だ。

　今回は取材に際し、株式会社函館カール・レイモンの高橋俊幸社長に、情報提供などで協力していただいた。またレイモン旧宅の隣人で、元町倶楽部のメンバーでもある「カフェやまじょう」の太田誠一さんからも、レイモン夫妻との楽しい思い出を、たくさんうかがった。最後になったが、おふた方には、ここに改めて感謝の意を表したい。

解　説――近現代史の中のレイモン夫妻

合　田　一　道

函館は北海道の中でも、異国情緒を漂わせる街である。それはペリー来航により早々と開港場になり、外国船が足しげく来航して交流を深めたせいであろう。教会堂が立ち並ぶ街を外国人が歩いている。見慣れた風景なのである。

そのせいでもあろう。外国人男性と日本人女性をめぐる話題は尽きない。その一つがアメリカ貿易事務官（後の領事）ライスの遊女タマの身請け。ライスは箱館奉行に対して女性を世話してくれと頼み込み、返答が長引くと下田にいるハリスに便りを出す。おののいた箱館奉行は、町役人と相談し、山の上遊廓の遊女タマを差し出す。「異人と交わったら体が腐って死ぬ」といわれた時代だ。タマは泣く泣くライスのもとへ。あの下田のお吉を思わせる話が北の果てにもあったとは、と驚く人もいよう。

もう一つが箱館戦争を戦ったフランス軍人ジュール・ブリュネと恋人の町人の娘トミ。ブリュネは将軍の招きで軍事顧問団副団長として日本へ。トミとは、横浜で幕府兵士の軍事訓練をするうちに知り合った。ブリュネが残した数多くの絵の中で、唯一女性の絵はこのトミだけだ。

古文書を克明に調べていくと、トミはブリュネに裏切られ、生まれたばかりの赤子を背負い箱館までやってくる。だがついに会えないままに。近年見つかったトミの手紙に書かれた「アナタ、ヒドイ人」の文字が痛々しい。

翻ってこの本には、そうした日本人女性の悲壮感はまったくない。むしろ主人公の女性コウは、恋人であるドイツ人男性カール・レイモンの手紙を読み、父親の勧める縁談も振り切って家出し、男性の待つ中国の天津へ赴くのだ。この行動力は想像を超える。

作者は、明治から大正、昭和へと続く歴史的背景を克明に描きながら、コウという女性の視点から物語を展開していく。レイモンを主題にした作品は他にもあるが、妻の立場からまとめた作品はこれだけ。それが却《かえ》ってレイモンという希有な人物の生きざまの内面までも掘り下げる結果になった。

実は著者の植松三十里さんとは長い知り合いだが、出会い早々に「女性の視点」を突きつけられた。もう随分前、当時、札幌に住んでいた植松さんから「定山坊《じょうざんぼう》の妻を書きたいのだが」と相談を受けたのである。定山坊とは北海道札幌の奥座敷と呼ばれる定山渓温泉を開いた修験者で、その最期は行方不明とされていた。

たまたま小樽市の正法寺の檀家総代と名乗る人から筆者に電話が入り、「寺誌をまとめるため、古い過去帳をめくっていて定山の戒名を見つけた」と教えられた。調査してノンフィクション作品にまとめて発表し、行方不明説は約百年ぶりに否定される形になった。だが定山の出身地岡山県の繁昌院、名古屋に住む末裔《まつえい》宅などの調べは不十分だった。

それで植松さんの相談には「本がやっと出たばかり。妻のことはまったくわからないし、無理でしょう」と断った。だが、間もなく植松さんの作品が朝日新聞北海道支社の「らいらっく文学賞」の候補作品十編に残ったのを知り、仰天した。定山の全体像がいまだ判然とせず、まして妻の詳細は不明だったのに、生き生きと表現されている。内心舌を巻いたものだった。

二度目の出会いは「咸臨丸《かんりんまる》子孫の会」主催のオランダ旅行の時。植松さんが『桑港にて』（後に文庫本『咸臨丸、サンフランシスコにて』と改題）を出し、私が『咸臨丸栄光と悲劇の５０００日』を出した後の頃で、ともに「咸臨丸子孫の会」特別会員の立場だった。

オランダ文化庁主催の「咸臨丸講演会」に出席した後、僅かな時間を見計らって、開陽丸の建造時にオランダ留学した榎本武揚らの足跡を訪ねてハーグの町を歩いた。

一行の中に鍛冶職人の大川喜太郎という若者がいた。言葉も通じぬまま単身、下宿暮らしをしながら技能を学ぶが、体調を崩し病死してしまう。その墓をアムステルダム東墓地で見つけて参拝した。大川の葬儀の会葬者の中に若いオランダ女性がいたのを知り、なぜかほっとしながら、植松さんならどんな具合に書くだろうか、と思ったものである。

レイモンと妻コウの物語は、コウの故郷の函館に戻ってから大きく変容する。駅前の洋風の二階建ての一隅を借りて「レイモン　ハム・ソーセージ缶詰販売所」の看板を掲げるが、日本人にはまだ肉食の習慣がなく、誰も気味悪がって手を出そうとしない。そんな中でレイモンは、日本もいずれスイスのような酪農と畜産に力を入れる国になるとして、コウとともに懸命に働く。

日中戦争が起こり、ヨーロッパでもナチス・ドイツがポーランドに侵攻した。イギリスとフランスがドイツに宣戦布告し、ユダヤ人迫害が激しくなる中、日独伊の三国同盟が成立し、日本は太平洋戦争になだれ込んでいく。在留外国人を「敵性外国人」とする思想が強まり、レイモン一家に冷たい目が注がれる。娘のフランチェスカにまで及び、混惑するコウ。

この時期、夫婦の国籍が異なるがゆえに迫害された人が多かった。例えばウイスキー作りに没頭した竹鶴政孝と妻リタ。青函連絡船に乗ろうとして、妻だけは拒否された。目の色が青い、髪の毛が茶色というだけで、警察に引っ張られる時代だった。

昭和二十年、敗戦。レイモン一家は国籍をやっと取得し、ハム、ソーセージの生産に乗り出す。

「この手で、本物のハム、ソーセージを作るのだ」

レイモンは奮い立つ。それを支えて奮闘するコウ。努力が実って手作りの肉製品は高い評価を受け、「函館土産ならレイモンのハム、ソーセージ」といわれ、函館名物にのし上がる。

当作中には、日本ハムの大社《おおこそ》義規社長がレイモンのもとを訪れ、ハム、ソーセージの作り方を社員に教えてほしいと懇願するシーンがある。当時、同社は業界最大手として、函館の北に位置する内浦湾沿いの八雲町に工場を建て、肉製品作りを本格化させていた。レイモンは大社の申し入れに、「自分にしかできない手作りの方法であり、他人に教えることなどできない」と断る。大社はなおも交渉し、八雲町に「株式会社　函館カール・レイモン」の新工場を建設する。

それから四年後の昭和六十二年にレイモンが亡くなり、コウも平成九年にこの世を去る。だがレイモンの製法は生き続ける。

日本ハム会社は昭和四十八年、プロ野球パ・リーグの球団を買収して、日本ハムファイターズを設立、東京・後楽園を根拠地とした。だが成績は振るわず、低迷していた。平成十六年、泣かず飛ばずの球団の名前を北海道日本ハムファイターズと変え、東京を離れて北海道に移った。なぜ北海道なのか、その理由など知らずに道民は沸き立った。道民は新しいものに飛びつきやすく、すぐ飽きる、大騒ぎするのも最初のうちだけ、と冷ややかに言う者もいた。

ところが外国人のヒルマン監督の下、移転三年目にリーグ優勝し、日本シリーズにも勝利して日本一に。監督は優勝インタビューに答え、たどたどしい日本語で「シンジラレナーイ」と叫んだ。優勝パレードは紙吹雪が舞い、ファンは興奮に酔いしれた。

すっかり北海道の球団になったこのチームに、多くのファンは不思議な感情を抱きだす。日本ハム球団の親会社が、レイモンの技術を継承している会社と初めて意識し、あっ、そうだったのか、と納得するのだ。

そんな事実を知ってこの本『レイモンさん　函館ソーセージマイスター』を読み進めていくと、揺れ動く〝時代の風〟のようなものを感じるに違いない。

頑固なほど純粋に生きたレイモン、その姿を函館生まれの妻コウの視点から書き切った植松さん。

本書は女流作家植松三十里の情感がほとばしる傑作として、多くの人々に読み継がれていくだろう。


（ごうだ・いちどう　ノンフィクション作家）

集英社文庫

レイモンさん 函館《はこだて》ソーセージマイスター

2020年3月25日 第1刷

定価はカバーに表示してあります。

著 者 植松三十里《うえまつみどり》

発行者 徳永 真

発行所 株式会社 集英社
東京都千代田区一ツ橋2-5-10 〒101-8050
電話 【編集部】03-3230-6095
【読者係】03-3230-6080
【販売部】03-3230-6393(書店専用)

印 刷 図書印刷株式会社

製 本 図書印刷株式会社

フォーマットデザイン アリヤマデザインストア マークデザイン 居山浩二

ISBN978-4-08-744092-8 C0193